D+
dear+ novel
brocon wo kojirasetara koi ni narimashita

ブラコンを拗らせたら恋になりました

幸崎ぱれす

新書館ディアプラス文庫

ブラコンを拗らせたら恋になりました

contents

illustration : 佐倉ハイジ

ブラコンを拗《こじ》らせたら恋になりました

BROCON WO
KOJIRASETARA
KOI NI NARIMASHITA

あっと思ったときには地面が眼前に迫《せま》っていた。

仕事を終えた帰り道、焼き芋《いも》屋の車から漂《ただよ》ってきた芳《かぐわ》しい匂いに気を取られた御園健《みそのけん》は、自宅マンションの入り口の段差を踏み外した。

コンクリートの上でぐしゃっと豪快に転んだ健に、冷たい北風がぴゅうっと吹きつける。二十歳にもなって一人でこうも派手に転ぶとは。夕暮れ時の雰囲気《ふんいき》のせいで惨《みじ》めさも倍増だ。

「うぅ、恥ずかし……いてっ」

起き上がろうとした瞬間、右手首に痛みが走った。咄嗟《とっさ》に手をつこうとして失敗し、捻《ひね》ってしまったらしい。

まだ近所の形成外科はぎりぎり開いているはずだと思い、慌てて来た道を引き返す。そして受付終了五分前に滑《すべ》り込《こ》んだ病院で、健は捻挫《ねんざ》と診断された。

湿布とサポーターで処置を受け、骨に異常はないと言われて安心したものの、「早く治したければ一週間は動かさないこと」という医者の言葉に頭を抱《かか》える。

健の職業は解体職人だ。現場作業なので、やる気があっても利《き》き手が使えないと仕事にならない。

「こんなことで休むことになるとは……。とにかく会社に連絡しないと」

高校卒業後、就職してから無遅刻無欠勤だったのにという悔《くや》しさと、急な欠勤で職場に迷惑をかけてしまう申し訳なさに唸《うな》りながら、病院を出た健は上司に一週間ほど仕事に入れなくなる旨《むね》を電話で伝えた。健の無念さが電話越しでも伝わったのか、いつもは厳《きび》しい親方に「いいからきっちり治せよ」と励《はげ》まされてしまった。

とぼとぼと帰宅して玄関を開けると、部屋はしんと静まり返っている。同居人はまだ帰って来ていない。

リビングのソファに腰かけ、改めてサポーターに包まれた手首に触れる。徐々に腫《は》れてきて、熱を持っている感じがする。本気で大人しくして早く治さねば、と固く決意する。

職場に申し訳ないという以前に、職人の給料は基本的に働いた日数で計算されるので、あまり欠勤すると懐的にも痛手なのだ。

「やっちゃったなぁ」

ソファに仰向《あおむ》けになったところで腹が鳴ったのと同時に、冷蔵庫の中身を今朝消費してしまったことを思い出す。

――怪我のことで頭がいっぱいだったけど、何か買って帰るべきだった……。

後悔する健の脳裏に、七つ年上の同居人――幼い頃、母の再婚で家族となった知的で美形で口の悪い義兄――御園慧史《けいし》の姿が浮かんだ。

「帰りに何か買ってきてもらおう。おーい、ポチ」

健が目の前のローテーブルの上の白い球体に話しかけると、ポチと呼ばれた球体は明滅しながらくるりと回転してこちらを向いた。

『おかえりなさい、健。珍しく声に元気がありませんね。お腹でも減りましたか』

「元気がない＝空腹って、俺のイメージどんななの……」

ポチは慧史が趣味で作った小型ＡＩロボットだ。流行《はや》りのＩｏＴ機能全般に加えて、会話機能もかなり充実している。充実しすぎて、たまに小馬鹿にされているような気もするけれど。

そのポチの製作者である慧史は現在、自身の出身校の帝都《ていと》大学で助教を務めている。難関大学に涼しい顔で現役合格し、飛び級を経《へ》て博士号をとり、二年前に二十五歳で助教になった秀才だ。研究分野はロボット工学で主にＡＩ開発を——と以前説明してくれたが、難しかったので割愛する。

「ポチ、兄貴にメッセージ送って。ええと、『手首怪我しちゃって夕飯作れそうにないから、帰りに出来合い買ってきてくれ』よし、送信」

これで健の吹き込みは音声データとして慧史のもとに転送される。安心して再びソファに横になった途端、睡魔《すいま》がやってきた。

——昨日ポチに不具合があるとか言われた気がするけど、動いているし大丈夫だろ。

球体の表面が二回光って送信完了を告げたのを見届けて、健は夢の中に沈《しず》んだ。

不意に玄関から聞こえた物音で、健の意識は浮上した。

ガンッ、ドサ、バタバタバタバタという音で覚醒《かくせい》して目を開けると、慧史がソファの前で仁王立ちをしている。

細身だけど長身な体軀《たいく》と端整過ぎる顔立ちのせいで、見下ろされると若干《じゃっかん》怖い。忙しくてだいぶ伸びてしまった真っ黒な前髪の隙間から、切れ長の瞳がこちらを見据えている。

「兄貴おかえり、今日は随分《ずいぶん》早いな」

横目で確認した置き時計の針はまだ三十分ほどしか進んでいない。のんきに伸びをしようと起き上がったら突然肩を摑《つか》まれて、健は素《す》っ頓狂《とんきょう》な声を上げた。

「へっ？　な、なに」

「いいから。首見せてみろ」

屈《かが》んで覗《のぞ》き込《こ》まれて顔に熱が集まりそうになり、慌てて目を逸《そ》らす。

最近自分は変なのだ。慧史と至近距離で接すると、妙な動悸《どうき》に襲われる。

親の再婚で家族になった当初から健は自他共に認めるブラコンだったので、実家にいた頃は隙あらば慧史にくっついていたけれど、こんな症状は出たことがなかった。

去年の春に高校を卒業した後、実家を離れて都内で慧史とルームシェアを始めてからも、一年くらいは環境の変化と週六日ある仕事に慣れることに必死だったので、あまり気にしていなかった。

ところがここ半年程、生活にも心にもゆとりが出てきたと思ったら、なぜか慧史にくっつくと脈が倍速になるようになってしまったのだ。

「な、なんだよ！」

「それは俺の科白《セリフ》だ」

首筋を冷たくて大きな手で撫《な》で回されて、健は堪《たま》らずソファから転がり落ちた。そんな健を見下ろしながら、慧史はスマホを取り出す。長い指が画面をタップすると、そこから健の声が流れてくる。

『……首怪我しちゃって……そうもないから……てくれ』

「え、何これ」

ノイズまじりの健の声はシリアスで、まるで助けを求めているように聞こえる。

「……何度電話しても出ねぇし、ポチを通して呼びかけても返答がなかったから、何かあったのかと思うだろ。部屋の様子は見れないからわからねぇし」

慧史なりのプライバシーへの配慮《はいりょ》なのか、ポチには映像のストリーミング機能はついていない。通話ならリビングに居《い》ればポチ直通でできるが、健は爆睡《ばくすい》をかまして気付かなかったらしい。

「ご、ごめん。スマホ入れた鞄《かばん》は玄関に置きっぱなしで、寝てたからポチの声も聞こえなかったみたい……」

「で、見た感じ首に傷や腫れはなさそうだが、どういう症状があったんだ？　病院には行ったのか？　父さんか義母《かあ》さんに連絡は？」

真剣な顔をした慧史に矢継ぎ早に質問され、健は気まずげに視線を泳がせる。

「あの、怪我したのは首じゃなくて手首で……ちょっと捻挫したから、帰りに夕飯買って来て欲しかっただけなんだ」

おずおずと言うと、慧史の品の良い顔が「あぁ？」とチンピラ顔に歪《ゆが》む。

「この……っ、バカ、駄犬、お手！」

テンポよく言われて、健は反射的に慧史の手に自分の右手を乗せた。名前の響きのせいか生まれつきの犬顔のせいか、何かやらかすたびに慧史に犬扱《あつか》いされている。駄犬はもはやミドルネームだ。

「帰り道に段差で躓《つまず》いてこけちゃって……。えっと、骨に異常はなくて、でも悪化するからしばらく動かすなって。大した怪我じゃないし、母ちゃんたちには言わなくていいよ」

息子たちが無事に巣立って第二の新婚生活を満喫《まんきつ》している両親に、捻挫ごときで無駄な心配をかけたくはない。

「……ちっ、ポチの収音機能に不具合あったの忘れてた」

思いきり舌打ちされたものの、従順にお手をした健の右手首を観察する慧史の顰《しか》め面《つら》には安堵《あんど》の色が混ざっている。口調は乱暴だけど心配してくれていたようだ。

それによく見ると慧史の額にはうっすらと汗が光っている。外は寒いはずなのに、健のために慌てて帰って来てくれたのだろうか。

「えへへ、心配かけてごめん」

ほのかな優しさを感じてつい顔を緩《ゆる》めたら、手を離されてデコピン三連撃をくらった。

たかが手首の捻挫を首回りの負傷と勘違いさせてしまったことに小さく反省し、健はソファから立ち上がって玄関へ向かう。

「おい、どこに行く」

「夕飯買いにちょっとスーパーまで。兄貴の分も買ってくるよ。出来合いになるけど何がいい？」

左手で玄関に置きっぱなしにしていた鞄を持ち上げる健を見た慧史は、溜息を吐《つ》いてソファを指した。

「いらねぇよバカ。ソファに戻ってじっとしてろ。ハウス、そして伏せ！」

「えっ、ごめん兄貴、怒った……？」

眉《まゆ》を下げたしょげ顔で上目に慧史をチラ見してみると、眉間《みけん》にくっきりと皺《しわ》を寄せて「お前はほんとに……」と呻《うめ》かれた。

「怪我が治るまでは、夕飯は俺が適当に用意するから気にするなって言ってんだよ」

ムスッとしていてわかりにくいけれど、どうやら家事分担で料理を担当している健を休ませてくれるつもりらしい。

「え、ありがと――待って、兄貴が作るの？　大抵のものをゲル化させるのに……？」

「うるせえ、テイクアウトかデリバリーの二択に決まってるだろ。お前、今日の夕飯おあずけにするぞ」

ぎろっと睨《にら》まれて怯《ひる》んだ健を一瞥《いちべつ》した慧史は、なんだかんだ健お気に入りの宅配ピザを頼んでくれた。健は見えない尻尾をぶんぶん振って顔を輝かせる。

「やった！　サンキュー、兄貴。俺、あそこのピザ大好き」

「ったく、加藤《かとう》さん家のショコラの方がよっぽど利口な顔つきだな」

「ショコラって──ポメラニアンじゃん！」

実家の近所で飼われていた小型犬を思い出して不満げに吠《ほ》えたら、「しっしっ」と野良犬のような扱いをされた。

ピザを完食した健がソファに寝転がっていると、慧史に襟首《えりくび》を掴んで起こされた。服で首が一瞬絞まって、ぐえっと間抜けな声が出る。

「こら、ゴロゴロしてないで歯を磨《みが》け」

昔から綺麗好きな慧史は手洗いうがいや食後の歯磨きをサボるとうるさい。家事の分担も慧史は掃除担当だ。

「わ、わかったよ」

利き手が使えないのが不便で後回しにしていたが、たしかに歯磨きしないと気持ち悪い。

首根っこを摑まれたまま素直に洗面所に連行された健は、差し出されたコップの水で口をゆすぐ。

そして左手で適当に済ませようと思った直後、なぜか歯ブラシの先端をこちらに向けた慧史にじりじりと壁際まで追い込まれ、口を開けた瞬間に歯ブラシをすっと差し込まれた。

「えっ、うぁい」

「ほら、口開けとけ」

えっ、なに、と驚いて硬直する健の後頭部に手を添えた慧史は、渋面のまま歯磨きを続行している。

頭を撫でられたり軽く叩かれる程度の接触ならまだしも、こんなにがっつり触れられると、例の謎《なぞ》の動悸が起こり鼓動《こどう》が速まってくる。口調のわりに手付きが丁寧なせいか、口内をいじられる感触もリアルで余計にどぎまぎしてしまう。

「もっと口を大きく開けろ。奥まで入れんぞ」

しかも無意識なのかSっ気のある科白を連発してくるので変な扉が開きそうだ。気持ちを萎《な》えさせるために、以前うっかり嗅《か》いでしまった親方のヘルメットの内側の臭《にお》いを無理やり思い出していたので、爽快感《そうかいかん》に欠ける歯磨きになってしまった。

――あのメットの甘じょっぱ酸《す》っぱ辛《から》い臭い、きつかったな……そういえば風呂はどうしよう。

歯磨きが終了し、ふと横の浴室に視線を移した健は、帰宅前に済ませてくればよかったと軽く後悔する。

普段は置き場の仮設シャワーを使うこともあるし、大きな風呂に入りたくて仕事帰りに銭湯《せんとう》に寄ることもあるのだ。今日もそうしていればと恨《うら》めしげに浴室を睨んでいると、頭上から大きな溜息が聞こえた。

「あ、歯磨きありがとな、兄貴――って、え、ちょっと」

健が気を取り直して礼を言うのとほぼ同時に、慧史の手が健の服を脱がしにかかる。

「風呂に入りたいんだろ。手伝ってやるからさっさと済ませろバカ」

なぜかキレ気味に言われ、健はじりじりと後退《あとずさ》る。

「いや、いいって。風呂とかどうでもいいし」

「あ？　お前いま絶対『置き場のシャワーか銭湯で済ませてくればよかった』とか考えてただろ」

「う、それはそうだけど、でも――」

なんか恥ずかしい……とは言えずにもじもじと抵抗していたら、訝《いぶか》しげな視線を寄こされて健はハッとする。

――俺、どうしてこんなに恥ずかしがってるんだ？

異性ならともかく、相手は義兄だ。一日中現場で身体を動かして、汗と土埃《つちぼこり》で汚れた男が入浴を拒《こば》む理由はない。

でもやっぱり、と健は唸る。断った方がいいと健の中の本能が言っているような気がする。おろおろと視線を左右に泳がせながらちらりと慧史を見上げたら、彼は奥歯でカメムシを噛《か》み潰《つぶ》したような顔で健を見下ろしている。そんな顔をされると、冬場とはいえ仕事中は多少汗もかいたし、もしかして自分は臭《くさ》いのではと不安になってくる。

「や、やっぱりお願い！」

綺麗好きの義兄に臭いと思われたくない一心で慌てて片手で服を脱ぎ、健は風呂の扉を開けた。

風呂椅子に座って待っていると、シャツの袖《そで》とズボンの裾《すそ》をまくった慧史が入ってくる。銭湯ではタオルも巻かずに堂々と闊歩《かっぽ》する健だが、今は自分だけが全裸なせいか、それとも相手が慧史なせいか、やはり異様に恥ずかしくて顔を上げられない。

ぷるぷると羞恥《しゅうち》に震える健の頭に温かいシャワーがかけられ、慧史によく「むく毛の秋田犬《あきたいぬ》みてぇ」と揶揄《からか》われる明るい茶髪が徐々に濡れていく。

——毎回、今度こそ違う髪型にしてやるって意気込んで美容院に行くのに、兄貴が気まぐれに頭をもふもふ撫でてくれるのが嬉しくて未《いま》だにスタイルチェンジできないんだよな。

気を紛《まぎ》らわすために、次回はどんな髪型にしようかなどと無意味なことを考えているうちに、シャンプーを泡立てた慧史の手が健の髪に触れる。

慧史の手は、健よりもほっそりしてるけれど指が長くて全体的に大きい。色白で、爪が短く綺麗に整っていて、節々は少し骨っぽい。

――あの指が今、俺に触れてるんだ……。

慧史の指を思い浮かべた途端、妙にムラムラしてきた。なぜ自分は義兄の指で興奮しているんだと困惑するものの、なかなか収まらない。

目をぎゅっと瞑《つぶ》って不埒《ふらち》な気分を追い払おうとしてみたが、視覚を遮断《しゃだん》したことでかえって想像が膨《ふく》らんでいく。あの美しい指先が頭部から背骨をなぞって尾骨を這《は》うように下に降りて――ダメだと思うほどに脳内のビジョンは過激な方向に進み、ついにはあらぬ部分に触れられるところまで頭の中で描いてしまう。

「おい、前髪のとこ洗いにくいからもっとこっちに――」

無意識にどんどん前屈みになっていた健は、不意に肩を掴まれて後ろに引かれた――が、慧史の言葉は途中で不自然に途切れた。

――た、勃《た》っちゃった……。

急いで手で隠したけれど手遅れだ。咄嗟に何か言おうにも言い訳の一つも出てこず、結局口をぱくぱくさせるだけに終わった。沈黙が居た堪れない。

半泣きでおそるおそる背後を振り返ると、慧史は手で覆《おお》われた健の股間《こかん》を凝視《ぎょうし》している。あまりの羞恥に涙がじわっと出てきた。

鼻をスンっと啜《すす》った音に反応して、慧史は視線をゆっくりと股間から健の顔に移した。健のぼやけた視界に、本日一番の顰め面が映《うつ》る。むしろ顰めすぎて般若《はんにゃ》みたいな顔になっていて怖い。額に青筋まで浮かんでいるし、喉の奥からグルル……と地鳴りのような低音が聞こえてさらに怖い。

たしかに本人の意思に反して愚息《ぐそく》がわんぱくな姿を晒《さら》してしまったけれど、そんなに怒らなくても――と身を竦《すく》めた健に向かって、慧史は美形台無しの般若顔のまま重々しく口を開いた。

「お前、もう銭湯や置き場で風呂に入るんじゃねぇ。もし他所《よそ》で勃起《ぼっき》したりしたら――」

「うわあぁぁ、こういうときは見てない振りをしてくれよ！」

健は絶叫しながら、慧史の顔めがけてシャワーを浴びせた。義兄の口の悪さには慣れているけれど、それにしたって、人をどこでも気軽に勃起する変態みたいに言わなくてもいいじゃないか。

「あとは自分でやるからもういいっ！　バカ兄貴！」

浴室から慧史を撃退した健は赤くなったり青くなったりしながら、なんとか片手で入浴を終えた。ドライヤーの風量マックスで髪を乾かした後、すぐに自室のベッドに飛び込む。

「うぅ、俺のバカ……なんで勃っちゃうんだよ……」

あんな想像をしてしまうなんて、欲求不満なのだろうか。健は昔からあまり恋愛に興味がない上に性欲が薄く、先程のような不意打ちの勃起は初めてで本当に焦《あせ》った。

しかし焦ったからと言って、慧史にシャワーを浴びせるのはやりすぎた気がする。余計な一言はあったものの、彼は善意で入浴を手伝ってくれたのだ。しかも顔面シャワーで軽く溺《おぼ》れさせてしまったし、思い返せばあの後シャワーの水圧でよろよろと撤退《てったい》した慧史は、浴室前で「くそ、なんで俺がこんな目に……」と悪態を吐きながらも濡れた床を拭《ふ》いてくれていた。

——明日謝ろう。ちょっと顔合わせづらいけど……。

シーツを頭から被《かぶ》って一人反省会を繰り広げた健が眠りにつくことができたのは、空が白み始めた頃だった。

＊＊＊

翌朝健《けん》が目を覚ますと、枕元の時計は午前九時を指していた。

のそのそとベッドを降りて寝巻から普段着のパーカーに着替えたところで、部屋の扉が一定のリズムで何度かノックされる。

「兄貴はもう出勤してる時間だよな。ってことは——」

そっと開けた扉の下の方を見ると、手の平サイズのロボットが小さな手で扉をノックする動作を繰り返している。健が幼い頃に好きだったロボアニメのキャラクターを模したものだ。

それを屈んで拾い上げ、胸元の赤いボタンに触れるとノックの動作は停止し、代わりに音声が流れた。

『冷蔵庫に卵焼きがある。砂糖は多めにしておいてやった』

これは慧史《けいし》お手製の仲直りロボだ。健の顔がみるみる緩んでいく。

三回ほどボタンを押して音声を楽しんだ後、にやけた顔のまま部屋の箪笥《たんす》の上から三番目の引き出しを開けた。そこには複数体のロボが礼儀正しく整列している。

ルームシェアをするようになってから、慧史は喧嘩《けんか》をするたびにこのロボを作って仲直りを要請《ようせい》してくる。普段毒舌気味で素直さに欠ける慧史の代理だと思うと、この無機質な表情も可愛《かわい》く見える。

今日のロボを空いているスペースに並べて過去のロボと一緒に大事に保管し、上機嫌でキッチンへ向かう。甘い卵焼きは健の大好物であり、滅多に料理をしない慧史の数少ないレパートリーの一つだ。

健は鼻歌まじりに冷蔵庫の扉を開き、不格好な黄色い物体に手を付けた。

夕方、健は駅前の居酒屋に向かった。夕飯の支度《したく》は手首の怪我でお休み中だし、元々慧史から今日は帰りが遅くなると言われていたので、駅の反対側に住んでいる親友の俊春《としはる》に連絡したのだ。彼と食事をするときは高確率で大盛と激安が売りのこの店になる。

店では俊春がすでにテーブル席に掛けており、陽気に笑って「久しぶり」と手を挙げてきた。

「久しぶりじゃないだろ、昨日も現場で会ったし」

高校で知り合った俊春とは、職場も同じ——というか、健の勤める解体会社は俊春の親戚《しんせき》が経営している。

健が解体業に就いたのも、高校一年の夏休みに俊春が「東京の親戚の会社でバイトしないか」と誘ってきたのがきっかけだ。

俊春の親戚宅に住み込み食事付きという好条件に加え、健は身体を動かすのが好きだったし、何より当時慧史が大学進学のため都内で一人暮らしをしていたので、自分も都内にいれば夏休みでも研究で忙しい慧史に会える日が増えるのでは……というブラコン全開な目論見《もくろみ》もあり、健は誘いに応じた。

そんな理由で始めた解体のアルバイトだが、「使われなくなった建物を壊して更地《さらち》にすることで、その土地を生まれ変わらせる。それこそが解体の意義だ」という親方の名言の通り、学べば学ぶほどやりがいのある仕事だった。

さらに会社の方針として教育や資格取得の推進など育成に力を入れていたことも手伝って、健は夏休みが終わるころには解体業にすっかりハマっていた。職人たちとも仲良くなっていたので、健は長期休暇のたびに上京して現場に入り、高校卒業後、俊春と一緒に就職した。

つまり俊春は親友であり同僚であり、相棒でもある。

「怪我は大丈夫なのか？」

「うん、捻挫して腫れてるだけ。いきなり仕事抜けることになってごめんな」

「いいって、困ったときはお互い様だろ！　でも完治するまでお前はノンアルな」

人のいい笑みを浮かべた俊春は、箸《はし》を使わなくてよいメニュー数品とジュースを注文してくれた。

「それにしても、捻挫とはいえ慧史さんは心配したんじゃないか？　あの人、なんだかんだ心配性っぽいし」

俊春は高校時代、健と一緒に慧史に会いに行ったことがあり、就職後も何度か健たちのマンションに遊びに来ているので、慧史ともそれなりに面識がある。

「初めて挨拶《あいさつ》したときは不機嫌そうでちょっと怖かったけど」

「そうだっけ？」

健は相棒レベルの親友ができたのは俊春が初めてだったので、慧史に自慢しようと俊春の肩を抱いてブラザー感を出して紹介した日のことを思い出す。

たしかに眉間に皺が寄っていた気がするが、慧史は元々愛想のいい方ではないのであまり気にしていなかった。

「でも、挨拶もそこそこに俺に向かって『こいつの平熱は三十六度六分。バカは風邪引かないというが、気にしといてやってくれ』だもんな。ぶっきらぼうだけど健のこと大事にしてるってのはひしひしと伝わってきたわ」

そのときは「バカってひどい！」と吠えたが、当時自分の不調に無自覚なことが多かった健を心配してのことだと後から気付いて、一人でにまにましたのを覚えている。

「今回のことも、お前の連絡を受けて大学からマンションまで三十分で飛んできたとしたら、相当急いだんじゃないか？　電車じゃまず無理だし、タクシーすっ飛ばしてたりして――って、顔にやけてんぞブラコン」

呆《あき》れ顔で指摘されて、健は自分の頬を手でもにもにと押さえた。

――兄貴って昔から不愛想だし口も悪いけど、意外と優しいんだよな。

幼い頃も、べたべたに甘やかしてもらったことは一度もないけれど、健がお風呂セットを用意して忠犬のごとく待っていれば一緒に風呂に入ってくれたし、枕を持って慧史をじっと見つめれば添い寝してくれた。

昨日だって、歯磨きや風呂を手伝おうとしてくれたのは健のことを心配してくれたからだろう。年々顰め面に拍車のかかる慧史だが、根っこの部分は変わらず義弟思いなのだ。

適当なところで解散して駅の反対側へ消えていく俊春を見送った健は、慧史と出会った頃のことを思い浮かべながら夜空の下を歩いた。

＊＊＊

カフェで働きながら女手一つで息子を育てていた健の母親が、その店の常連客だった慧史《けいし》の父親と再婚したのは、健《けん》が五歳、慧史が十二歳の夏だった。元ギャルで陽気な母親と理知的だけど少し天然気味な小児科医の義父の組み合わせは、アンバランスなようで非常にお似合いだった。

それぞれの子どもの反応は対照的で、単純に家族が増えたことを喜んだ健とは異なり、慧史は新しい家族を否定するようなことはなかったものの、あまり興味を示していない様子だった。たまに相槌《あいづち》を打つ程度で感情表現の少ない慧史に対し、両親は決して無理強《じ》いせず、時間が解決するまで見守ろうという姿勢だったような気がする。

しかし五歳の健にそんな空気を読むことは不可能だった。背が高くて大人っぽくてかっこいい義兄ができたのが嬉しくて、無視されてもお構いなしに慧史を追いかけ、風呂にもベッドにも突入を繰り返した。

最初はまるで相手にされなかったが、半月ほど続くとさすがに慧史も苛立《いらだ》ってきたらしい。ある日朝食を終えて両親が外出すると、彼はついに自室に鍵《かぎ》をかけて籠城《ろうじょう》した。

その結果、昼食時になって声を掛けても出てこない慧史を心配した健は、慧史の部屋のドアノブを力いっぱい捻って破壊した。

鍵が壊れて扉は開いたものの中から出てきた義兄は鬼の形相《ぎょうそう》で、健は慌てて弁解する。

「だ、だって呼びかけても返事ないから、お腹空《す》いて倒れてたらどうしようって……」

「昼飯抜いたくらいで倒れねぇよ。どんだけ食に重きを置いてんだ。返事しなかったのは、お前がいつでもどこでもまとわりついてくるからだよ！」

健に付きまとわれ続けて溜まりに溜まった鬱憤《うっぷん》を爆発させた慧史に、健はきゅっと身を竦めた。慧史だって大人びて見えてもまだ十二歳なので、一度噴出した感情のコントロールが利かなくなっている。

「母さんを事故で亡くしたの、まだ二年前だぞ？　新しい家族とか、そんな上手《うま》く切り替えられるわけないだろ。でも忙しい父さんの前でいつまでも落ち込んでいられないし、新しい義母さんが明るくていい人だってのも頭ではわかってる、けど――」

父親が前に進めるようになったのは義母のおかげで、それを自分が邪魔するわけにはいかない。けれど寂しさが埋まらなくて、どうしたらいいのかわからない――そうまくし立てた慧史の目が潤《うる》んでくる。

そんな彼を見ていたら健も涙が出てきてしまい、慧史にぎょっとされた。

「なんでお前が泣いてんだ」

「にいちゃんの母ちゃんが死んじゃったんだと思ったら悲しくて……っ」

健の父親は物心つく前に出て行ってしまったので、健は顔も知らない父親がいないことを寂しいと思ったことはない。けれど慧史は一緒に過ごしてきた母親を急に失ったのだ。

「どうしたらいいかわからないけど、俺、にいちゃんに寂しくなくなってほしい……っ」

健がぐすぐす泣いていると、不意に頭に何かが乗った。顔を上げると苦笑混じりの慧史が健の頭をぽんぽんと撫でてくれている。

「……父さんも周りも俺にすごく気を遣《つか》ってくれて、それがわかってるから俺も感情抑え込んでたけど、なんか一回爆発したおかげでかえってスッキリしたわ。それにお前が泣いてくれたから、もう寂しくないしな」

数分後、買い物から帰ってきた母親は、仲良く玄関に出迎えた二人を見て荷物を放り投げ、満面の笑みで息子たちを抱きしめた。夕方に仕事から帰った義父も、ソファにくっついて座る兄弟の姿に、人のよさそうな瞳に涙を浮かべていた。

翌年、健は小学校にあがってからも慧史にべったりだった。登校時は道が分かれるまで慧史の手をしっかりと握り、見えない尻尾をぶんぶん振って歩く。狭《せま》い歩幅《ほはば》で歩きながら時折嬉しげに慧史を見上げる姿は、母曰《いわ》く「子犬の散歩みたい」とのことだったが、たとえ本物の犬を飼ったとしても慧史の隣のポジションを譲《ゆず》る気はなかった。

そんな平和な朝の通学路に、居眠り運転の車が突っ込んできたことがあった。健を庇《かば》って車に撥《は》ねられた慧史は幸い命に別状はなかったものの、固定の難しい箇所を骨折して入院となった。

両親に連れられて入った病室で、慧史は号泣する健に困り果てた表情を浮かべていた。

「足を怪我しただけだっつーの。まあ二週間は帰れないから、一人で寝れないときは父さんか義母さんのとこに行けよ。……父さんと義母さんも貰《もら》い泣きしてないで、今日は健の好きなものでも買って元気づけてやって——」

「にいちゃんのバカ！　頭良いのになんでこういうときに限ってズレてるんだよ」

慧史の声を遮《さえぎ》った健はベッドに縋《すが》り、シーツに顔をぐりぐりと擦《こす》り付ける。

「助けてくれたのはありがとう、でも俺、にいちゃんがいないと、義父《とう》ちゃんや母ちゃんがいても、友達がいても、悲しいんだからな。にいちゃんがいなくなったら俺は一生不幸なんだからな。そこんとこ、わかってんの⁉」

「わ、悪かったよ……」

しゃくりあげる健にティッシュの箱を渡した慧史は、健の後ろで鼻を啜りながら頷く両親を見てばつが悪くなったのか、ぷいっとそっぽを向いた。

健はそれから慧史が退院するまでの二週間、下校時に義父か母と待ち合わせをして病院に直行し、見舞いを皆勤した。

健が小学校の最高学年になると、慧史は大学進学のため関東近郊の実家を出て、都心の単身者用マンションで一人暮らしを始めた。家に慧史がいないのは寂しかったけれど、健は実家からの差し入れを口実にほぼ毎週末、慧史のマンションを訪れた。

宿泊しようとすると顰め面で拒《こば》まれるので週末の日中しか一緒に居られなかったけれど、それでも当時は朝から夕方まで慧史にぴったりくっついて日ごろの慧史不足を補った。

高校三年になり、健が卒業したら解体職人になりたいと慧史に話したときは、「お前にぴったりだな、何でもぶち壊すし」と思い出し笑いをしながら言われた。

「そりゃ兄貴の部屋のドアノブを破壊したこともあるし、勢い余って家の壁に穴を開けたこともあるけどさ……」

心当たりがあり過ぎて反論できずに横目でじとっと慧史を見ると、慧史は思いのほか楽しそうに微笑《ほほえ》んでいる。

「へ？」

近年稀《まれ》に見る微笑の理由を聞きたかったが、慧史はすぐにいつもの仏頂面《ぶっちょうづら》に戻ってA4サイズの紙を差し出してきた。

「都心の会社なら、実家から通うのは厳しいだろ。……これは親戚が所有してる物件で、身内価格で貸してくれるらしいから、ここならルームシェアしてやってもいい」

「ほえ……」

「なんだよ。この前父さんから勧められただけで、不満があるなら別に――」

建物の外観や間取りが載っている紙を引っ込められそうになり、健は慌てて慧史の腕に飛びつく。

「俺、ここがいい！　ここに住む。兄貴と一緒に」

慧史とルームシェアという想定外のラッキーに、抑えきれない満面の笑みで答える。嬉しくて嬉しくて慧史の腕に頬をすりすりして喜びを伝えたら、思いきり眉間に皺を寄せて顔を背けられ、「アホ面のバカ犬」と散々な悪口を言われ、顔面をぞんざいに押し返された。

あれから一緒に暮らし始めて一年半。

最近は慧史に近付くと起こる謎の動悸に戸惑ったりしながらも、健は大好きな義兄の傍《そば》で幸せな毎日を送っている。

そして玄関に並んだ靴《くつ》や洗面所の二本の歯ブラシを見るたびに、家族で暮らしていたときには感じたことのなかった不思議なくすぐったさを感じるのだ。

＊＊＊

『リビングのパソコンにＵＳＢ挿さってないか？　十三時までに届けに来い。学食くらいは奢《おご》ってやる』

休養五日目の昼前、慧史《けいし》から若干《じゃっかん》横暴なメッセージが届いた。

ハンディモップで部屋の掃除をしていた健《けん》はテーブルの上のノートパソコンに近付き、すぐに横から突き出ている目的のブツを発見した。今朝、慧史は朝食を食べながら慌ただしく作業をしていたが、肝心《かんじん》のＵＳＢを忘れて行ったらしい。

『あったよ！　今から行く！』

リビングの白い球体に「ポチ、帝都《ていと》大学までのルートをスマホに送っといて」と丸投げして身支度を整え、自分のスマホにナビが届いたのを確認すると、健は身軽に玄関を飛び出した。最初の二日くらいは動かすだけでじんじんと痛んだ手首も、もうだいぶ回復してきた。健が家のことをせずに済むように、慧史が普段より早めに帰宅して色々と協力してくれたおかげだ。夕飯も宣言通り、基本的に慧史がデリバリーを頼んでくれている。

今月分の給料のことを考えると食べたいものよりも安いものに目がいってしまい、昼食は半額商品ばかりで済ませているのを悟られたのか、慧史は「お前に決定権はない」と言いつつ健の好物ばかりオーダーしてくれている気がする。

――今週は兄貴に迷惑かけたからな。たまには役に立たないと！

健はＵＳＢの入った鞄を大事に抱《かか》え、電車に乗って慧史の待つ大学へ向かった。

電車を降りて大学の正門前まで来た健は、ぽかんと口を開けて構内を見渡した。健の通っていた中学や高校と比べてその敷地は段違いに広く、校舎がいくつもある。

健は大学という施設自体、入るのは今日が初めてだ。せいぜい慧史の受験期に大学のパンフレットの表紙を見たくらいで、進路は職人と心に決めていたのでオープンキャンパスにも行かなかった。

「えっと、『今、正門前』」

着いたら連絡するよう言われていたのでメッセージを送ると、すぐに向かうと返信があった。『そこを動くな、もし迷子になったら「うちのケンを探してます」って電信柱にポスター貼るからな』という一文は見なかったことにする。

——ここが兄貴の職場か。顰め面だし毒舌だし、絶対に鬼教官って言われてるぞ。

働く姿を実際に見たことはないけれど、義兄のことなら何でも知っているという自負のある筋金入りのブラコンなので、大学での慧史の姿もある程度想像はつく。

とはいえ職種が違い過ぎるせいか互いに職場の話はあまりしないし、健は月曜から土曜まで仕事で大学を訪れるタイミングもなかったので、やはり新鮮な気分になる。

「よくやった。おー、よしよし」

一番手前の近代的な校舎から出てきた慧史に早速USBを渡すと、口調は棒読みのまま犬を褒《ほ》めるみたいに頭をわしわしされた。条件反射でつい喜んでしまい、ひとしきり撫でられた後にハッと正気に戻る。

「いや、バカにしてるだろ！　俺は犬じゃねぇっての」

頬を膨らませて怒って見せたものの、ちょうど腹から子犬の鳴き声のような音が鳴ってしまい、健は顔を赤くして腹を擦《さす》った。

「今鳴いたのお前か？」

慧史への返事のようにクゥと鳴いて空腹を訴《うった》える健の腹を哀《あわ》れに思ったのか、慧史は笑いを噛み殺しながら、学食の入っている建物に速《すみ》やかに連れて行ってくれた。

白を基調とした大きな食堂はメニューも充実しており、健は悩んだ末にハヤシライスを選択した。慧史はいつも蕎麦《そば》一択らしい。

ピークの時間は過ぎたようなので、四人掛けの席に向かい合って腰を下ろす。

「お前、あれだけ悩んで結局ハヤシかよ」

「しょうがないじゃん。期間限定メニューとか気になったけど、兄貴は蕎麦ばっかりで全然参考にならないし」

「飯に思考を割《さ》きたくねぇんだよ」

「む、食事の作り甲斐《がい》がないなぁ。というか、俺が飯にばっか思考割いてるみたいじゃん」

今週はお休み中とはいえ、料理担当としては慧史の発言に軽くむくれてしまう。

「……お前が作るものは大体うまいんだから、せいぜい飯に思考割いてりゃいいんじゃねぇの」

「えっ」

ハヤシライスに息を吹きかけて冷ましている隙に褒められた気がする。顔を上げると、すでに慧史は下を向いて蕎麦を啜っている。

けれど慧史の言葉を反芻《はんすう》すると嬉しさが滲《にじ》み出てきて、ご飯をふーふーしたいのに口元が緩んでしまい、健はなかなか食事にありつけなかった。

「あれ、御園《みその》先生、こんな時間にいるの珍しいですね。いつもはお蕎麦をかき込んで速攻で研究室に行かれるのに」

二人が食事を終えた頃、近くを通りかかった三十代前半くらいの男が慧史に声をかけた。細身で小綺麗だが、どこか冷たい感じがする人だなと健はひそかに思う。

「お疲れ様です、中村《なかむら》先生。義弟《おとうと》が忘れ物を届けに来てくれたので、気分転換に一緒に食事をしてたんです」

「気分転換なんてしてる余裕あるんですか？　この前の学会で御園先生の論文、結構突っ込まれたらしいじゃないですか」

思いがけない話に健は「えっ」と声を漏らして慧史を見る。端整な顔は平静を保っているが、一瞬眉がぴくっと動いた。

「御園先生は若くて活動的ですし、コミュニケーションに特化したＡＩの研究なら、介護や医療への応用を期待して協力してくれる企業はそれなりにあるんでしょうけど、あんまり穴だらけだと見放されちゃいますよ？」

よくわからないけれど、慧史の仕事がうまくいっていないことだけは健にも理解できた。慧史が心配だけど、話を振られてもいない自分が割り込んでいいものなのだろうか。健がおろおろしていると、中村はふと視線をこちらに移してきた。

「ところで義弟さんというのは、当然国立レベルの大学に――」

「あのっ、兄貴、大丈夫なの？」

　ピリピリした空気の中、不意に健に話の矛先《ほこさき》が向かった。瞬間、健は発言権が回ってきたと思い、ここぞとばかりに問いかける。中村が何か言いかけていたのを勢いでかき消してしまったことに気付く余裕はない。

「別に、お前が気にするほどのことじゃない」

「……しかし論文に一点大きな矛盾《むじゅん》があったと聞きました。まったく、同じ助教として心配になりま——」

　慧史は詳《くわ》しく話す気はなさそうだが、中村の言葉からやはり何か問題があったということが窺《うかが》える。そんな中、今週は怪我をした健のために早めに帰ってきてくれていたのだ。

「大変なときに怪我しちゃってごめん。手首治ったら、すげぇうまいもん作って不調なんてぶっ飛ばしてやるからな！」

　慧史を励ましたくて、テーブルに身を乗り出して必死に言い募《つの》ると、向かい合って座っていた慧史がぷっと噴き出した。横に立っている中村はぽかんと口を開けている。

　——もしや俺、変なこと言った……？

　とりあえず話を終わらせた方がいいと判断し、健は中村に向けてガッツポーズを作る。

「な、なので、兄貴はきっとすぐに絶好調に戻るから、心配しないでください！」

　くっくっと俯《うつむ》いて肩を震わせる慧史を一瞥した中村は、なぜかハーッと溜息を吐いて肩を落とし、どこかへ行ってしまった。

「なぁ、あの人何だったの？　なんか最後しょんぼりしてなかった？」

学食を出てもまだ思い出し笑いをしている慧史に問いかけると、中村は違う研究室の助教だが、年下の慧史が評価されているのが気に食わなくてたまにイチャモンをつけてくるのだと説明してくれた。

「売られた喧嘩は結果で返せばいいから気にしてないし、そもそも中村先生は研究内容が全然違うんだから比較する必要もないんだけどな。まぁ今回は身内の前で鬱陶《うっとう》しいこと言いやがってと思ったが――さすが解体屋、見事な空気のぶち壊し方だった」

「そんなつもりなかったんだけど……まあいっか」

大きな手で髪をぐしゃぐしゃにかき混ぜられたけれど、とりあえず褒められているようなので、大人しく撫でられておくことにした。

慧史曰く、健は昔から駆け引きや損得勘定とは無縁で、フリスビーを追いかける犬のごとくまっすぐ全力な性格なので、相手の毒気を抜いたり悪い空気を壊すのが上手いらしい。

自覚はあまりないけれど、そういえば家族になりたての頃に慧史が感情を抑え込んでいたときも、両親が一度だけ大きな夫婦喧嘩をしたときも、クラスでいじめが起きたときも、健が突撃すると大抵のことは片付いてしまった気がする。

先日も職場で先輩職人同士が摑み合いの喧嘩になりかけたが、健が真ん中に飛び込んで必死に仲裁しようとしたら、なぜか二人揃《そろ》って「ドッグセラピー……」と呟いた直後、勝手に和解し始めた。

「そうだ、兄貴の研究室ってどこ？　行ってみたい」

「あー、うちは相部屋で他の助教とかもいるから入れねぇぞ」

「場所だけでも教えてよ。そしたらまた忘れ物した時とか、研究室の前まで届けに行けるよ！」

「……部屋の前までな」

撫でてくる手に頭をぐりぐり擦りつけて甘えてみたら、慧史は唇を嚙みしめてぐぅっと呻きつつも許可してくれた。健はわくわくしながら慧史の隣を歩き、研究棟へと向かった。

研究室の前まで来ると、レポート用紙とノートパソコンを小脇に抱えた青年が廊下に立っていた。歳は健より少し上だろうか。背が高くて髪もさらさらで清潔感があり、爽《さわ》やかが服を着て歩いている感じだ。

「御園先生、すみません、どうしても確認したい内容があって――あ、来客ですか」

「いや違う、こいつは義弟。菅野《すがの》、レポート見せてみろ」

「はい、ありがとうございます。義弟さん、初めまして。僕は院生の菅野っていいます」

「俺は御園健っていいます」

レポートを慧史に渡した菅野は気さくに笑いかけてきた。顔のジャンルは違うのに、人のよさそうな笑顔はなんだか俊春《としはる》に似ていて親近感を覚える。

「健くんって誰かに似ているような……」

不意に菅野がそんなことを言ってきたので、「秋田犬じゃないっすか、むく毛の」と冗談で返したら妙に納得されてしまった。

「僕、実家で秋田犬飼ってたんですよ。可愛いですよね、こう、わしわし撫でたくなる」

犬好きの血を刺激されたのか、菅野は胸元で手を動かして犬を撫でる仕草をしている。

「あ、撫でます？」

「えっ、いいんですか？」

普段から慧史に犬のごとく撫でられているし、菅野の親しみやすい雰囲気も手伝ってついノリで言ってみると、思いのほか乗り気な反応が返ってきた。

しかし差し出した健の頭に乗ったのは、慧史が目を通していたレポートの束《たば》だった。

「健はもう帰れ」

先程まで上機嫌だった慧史の声がどことなく冷たく聞こえて、健は慌てて顔を上げる。

「え、うん、でも……」

兄貴なんか怒ってる？　と尋ねる間もなく、慧史はふいっと菅野の方を向いてしまった。

その横顔は一瞬むっとしているように見えたけれど、すぐに普段通りの表情に戻ったので見間違いだったのかもしれない。

「ここからはお前には理解できない内容だし聞いてても仕方ないだろ。夕飯は適当にテイクアウトして早めに帰るから。で、菅野。ニューラルネットワークの応用については前に話したと思うが、ここはそれが――」

慧史は健と話すときの倍のスピードで専門用語だらけの説明を始めた。菅野も同じ速度でやりとりをしている。まったくついていけなくなった健に気付いた菅野がすまなそうに会釈《えしゃく》した後、二人は研究室の中に入っていき、やがて健の目の前でぱたんと扉が閉まった。

「なんだよ急に。まぁ兄貴は忙しいから仕方ない……あれ、なんかもやっとする」

一人取り残された健は、廊下を歩きながら胸に手を当てた。

専門的な話がさっぱりわからないのなんて今更だし、家でもよく「しっしっ」と野良犬みたいに追い払われるからぶっきらぼうな物言いにも慣れている。けれど今のは突き放されたみたいに感じて、ちょっと傷ついた気がする。

――というか、学生さんと話すとき、あんな感じなんだ……。

慧史は両親や友人にはそれなりに砕《くだ》けた口調だし、健に対してはもっと口が悪くなるので、あんなに落ち着いたトーンで難しい内容をすらすらと話す姿は初めて見た。

菅野と話す慧史は大人っぽくて理知的でかっこよかったけれど、どこか遠く感じた。

胸に過《よぎ》ったもやもやが晴れないまま正門付近まで来た健は、顔でも洗ってすっきりして帰ろうと思い立ち、近場の校舎に入った。

一階のラウンジで雑談している女子学生二人は、充実したキャンパスライフを送っているのが伝わってくるようなキラキラした雰囲気だ。

「だよね、御園先生って——」

突然の慧史の話題に思わず振り返りそうになり、健は怪しまれないように二人の背後の席に座る。

「そうそう、若いし助教だし。しかも美形でクールで教え方は丁寧って最高すぎる」

一人で頷きながら「そうだろ俺の兄貴はかっこいいだろ」とひそかに胸を張った健だが、ふと彼女たちの話す慧史のイメージに違和感を覚える。

——クールで丁寧？　口が悪くて怒りっぽい、じゃなくて？　教え方だって……たしかに宿題は結構見てくれたけど、何度もデコピンされた記憶しかないぞ……？

鬼教官と言われているに違いないと思っていたが、健の想像は間違っていたらしい。まぁ兄貴もいい大人だしな、と納得しようとしたもののやはり釈然《しゃくぜん》としない。自分が見たことのない慧史の姿をここの学生たちは知っているのかと思うと、先程感じた不快感が再び胸に広がっていく。

「媚《こ》びてるわけでもないし、教授陣の受けもいいんだから有望株だよね」

「桜井《さくらい》教授なんて御園先生のことすごく気に入ってるもんね。最近はもはやパパ顔で見守ってるし」

「お調子者でお喋《しゃべ》りな桜井教授とクールな御園先生じゃ、どう頑張っても親子には見えないけど」

「でも今度娘と見合いさせようかなとか言ってなかった？　本気でパパになる気かよって」

おかしそうに笑う二人の会話が思わぬ方向に転がり、寝耳に水の話に健はつい腰を浮かす。

なんだそれは、聞いてない。胸の奥が嫌な感じにぞわぞわする。

「あれはさすがに冗談でしょ。教授は口が軽いから、話が進んでるなら絶対公言してるよ」

「それもそっか。いい話は黙ってられない人だもんね。御園先生には、もう少し私たちの目の保養でいてほしいなぁ」

頬杖をつきながらとりとめのない話を続ける二人を背に、健は席を立った。彼女たちの口ぶりから見合いの話はデマのようだった。

たしかに見合いをして結婚となれば健との同居は解消になるし、その場合引っ越すことになるわけだから、慧史はすぐに申告してくるだろう。しかし健の気持ちは晴れない。

ふっと息を吐いて動揺を落ち着け、だけどなぜか少し重くなった足取りで、健は正門を出て改札に向かった。

帰宅した健はソファにだらんと横になった。なんだか情報過多で疲れてしまった。

「兄貴、いつもと雰囲気違ったな……」

実家にいたときも慧史が同級生を家に連れてきたことはあったが、友人同士だからかそこまで口調も違わず、あまり違和感を覚えることはなかった。

いや、職場では誰しも多少は丁寧になるものだ。雰囲気も違って当然だろう。そう自分に言い聞かせてみるものの、妙な心許《こころもと》なさを払拭《ふっしょく》することはできない。

前にも似たような感覚を味わったことがあるような気がして記憶を探ると、慧史が高校生の頃、女の子みたいな甘い匂いをさせていた日のことを思い出した。

——あのときたしか俺、寝込んだな。

昔のことだから記憶も曖昧《あいまい》だし、それ以降匂いもなくなったので今まで忘れていたけれど、知らない誰かの匂いをつけて帰ってきた慧史にショックを受けて熱を出した覚えがある。

「なんか俺ってまるで……」

髪型や服装を変えたり香水をつけたりした飼い主に戸惑う犬みたい——そう思い至って情けなさに項垂《うなだ》れる。まさに駄犬だ。

健を突き放して健にはわからない話を菅野としている慧史はどこか他人みたいで寂しかったし、女子学生が話していた慧史像に至っては完全に自分の知らない人でももやもやした。

普段と違う飼い主を前に「これ、俺のご主人様だよね？」と不安になって、やたらと匂いを嗅いで確認してしまうペットの気持ちがわかってしまった。

それに見合いの話が出るなんて、想像したこともなかった。信憑性《しんぴょうせい》のない噂《うわさ》だとしてもびっくりしたし、驚きすぎたせいかまだ胸がずきずき痛い。

「俺、なんでこんなに悩んでんの？　慣れない場所に行って弱気になったのかな」

大学の雰囲気というのは高校までの学校とも会社とも異なり、ある種独特だ。だからその空気に飲まれたのかもしれない。

健は他人と比べて自分の進路や学歴に劣等感《れっとうかん》はないし、仕事に誇《ほこ》りを持っているので現状に不満はない。それでもキラキラした大学生たちは自分にはないものを持っているようで、居心地が悪い感じがした気がしなくもない。

「なぁ、ポチ。大学って何なんだろ」

健はローテーブルの上の球体に話しかける。

大学。自分の知らない慧史のいる場所。ソファに腰かけてぼやいた声は、思ったより細かった。

『高等教育の中核をなす機関です』

「そうなんだけど、もっと他に……」

『慧史の職場です』

「そうなんだよなぁ……」

『そうなんです。今更でしょう』

不毛な会話を切り上げて風呂掃除をし、慧史が帰ってくる前に入浴を済ませる。一段落してソファに腰かけて、手首もほぼ回復したし明日から料理も再開しようと考えていると、玄関から「ただいま」と慧史の声が聞こえてきた。

健が出迎えるより早くリビングの扉が開き、大好きな義兄の顔が覗く。

「兄貴、おかえり」

なんでもないやりとりだけど、聞き慣れた「ただいま」に気分が浮上する。

「菅野が大学の近所にうまい弁当屋があるっていうから、今日はそこで買ってきた」

テイクアウトした総菜《そうざい》を広げて何も言わずに健の皿に肉類を多めに分けてくれるところも、食後すぐに歯を磨けと小うるさいところも、健がよく知るいつもの慧史で安心する。

安心するのに、大学でのことが頭を掠《かす》めて落ち着かない。

「……なあ、大学って楽しい？」

ついぽろっと出た言葉に、入浴後ソファに腰かけた慧史は訝しげにこちらを見た。

「そりゃ、知識を求める者にとっては楽しいが……急にどうした」

「いや、聞いてみただけ」

へらっと笑って誤魔化そうとすると、眉を寄せた慧史に隣に座るように促される。

「言いたいことがあるなら言え、アホ面に覇気《はき》がないぞ」

横に腰を下ろした途端に頬をぐいぐい抓《つね》られて逃げられなくなってしまった。離してくれる気配はないので、どうしたものかと健は頭を悩ませる。

「ええと、なんか大学生ってキラキラしててちょっと気後れしちゃったなー、なんて……」

慧史が知らない人みたいに見えた瞬間があってショックだったとか、見合いの噂を聞いて不整脈が起きているとは言いにくかったので、比較的軽傷だったことを口にしてみる。慧史は一瞬ぽかんとした後、なんだそんなことか、と息を吐いた。

「お前はお前の仕事に誇りを持って努力してるんだから、うちの学生と比べる必要ないだろ」

「そ、そうかな。うん、頑張ってはいるよ。へへ、俺なんてまだまだだけどね。最初よりわからないことが増えた気すらするし」

思いがけない率直な励ましに照れくさくなってぼそぼそと答えると、慧史はようやく頬を抓っていた指を離してくれた。

「それは働く中で経験や知識を蓄えたから、新人の頃よりわからないってことがわかるようになったってことだ。喜んどけ。たとえば自分の持ってる知識を塊《かたまり》にして球体にしたとすると、この知識の体積は$\frac{4}{3}$×円周率π《パイ》×半径r^3で、表面積は4×π×r^2だろ？　それを――」

「げ、元気付けてくれるのかと思ったのに……」

喜んだ直後、突如《とつじょ》襲い掛かってきた数式に、健は開始十秒で白目をむいて無念そうに呟いた。

「おい、気絶するな。中学数学に例えたらわかりやすいかと思ったんだよ」

頭脳明晰《めいせき》なのにたまにズレてしまうのは、天然な父親譲りなのだろうか。

励まし下手《べた》な義兄は口を尖らせて頭を掻《か》き、気を取り直して「大小二つのまん丸いおにぎりを思い浮かべろ」と言った。そこまでレベルを落とさなくてもと思ったが、健は一応神妙に頷いて見せる。

「おにぎりが知識の塊、ふりかけが未知のもの――つまり『知らないこと』だとするだろ。大小二つのおにぎりの表面にふりかけを塗した場合、どちらのおにぎりがより多くのふりかけをくっつけることができる？」

そりゃ大きい方だろ、と即答した健に、慧史も頷いた。面積が大きいのだから当然だ。

「そういうことだ。知識の体積が増えるほどその表面積も増えて、そこに触れる『知らないこと』も増える。知識がなければ、知らないということすら認識できない。だから、最初の頃よりわからないことが増えたってのは悪いことじゃねぇよ。それに知らないことが出てくると楽しいし、理解できたらもっと楽しいだろ」

「なるほどー……」

たしかに健はどの現場でも積極的に学んでいるし、できる仕事が増えるにつれて「これは何だろう？」「こういう場合はどうしたらいいんだろう？」と疑問に思うことも増えた。新しい課題に挑戦してクリアするのは楽しいし、慧史の言っていることはもっともだ。

しかし頷きかけて、健はふと思い出した。今日、自分が知らない「大学の慧史」がいることを知って、全然楽しくなかった。

他にも自分の知らない兄貴がいるのかな。小さい頃から一緒に居て何でも知っているつもりだったけど、それはほんの一部に過ぎないのかな——そんなふうに考え始めると、一人取り残されたみたいな気持ちになってしまう。

——俺の知らない兄貴がいるなんて知りたくなかった、とか言えるわけないけど。俺ってブラコンすぎるのかな……。

まるで駄々をこねる子どもみたいだと自分で自分に呆れたものの、それだけではない焦燥感《しょうそうかん》も胸にあってなんだか苦しい。

普段なら納得できないことは慧史に追加で説明をせがむ健だが、今回は自分でもよくわからない感情を持て余しているせいか何も言えず、ただ唇をきゅっと結んで俯いた。

「まぁ、休みが続いて気が滅入《めい》ってるのかもしれないけど、もうすぐ仕事復帰するんだろ。こっちも調子狂うし、あんま悩むなよ。お前は締まりのない駄犬顔で笑ってりゃいいんだよ。じゃ、そろそろ寝るか」

頭に慣れた重みが乗ったと思ったら、健の頭をひと撫でした慧史はソファから立ち上がった。

「……っ」

目の前にある慧史の服の裾を、健は反射的に掴んだ。まだ離れたくない。不安がなくなるまでくっついていたい。そう言いたいけれどうまく言葉が出てこず、不思議そうにこちらを見下ろす慧史を見上げて口をもごもごさせる。

「何言い淀《よど》んでるんだ、いつも脳直のくせに」

呆れ顔で鼻を抓《つま》まれたので、健はその情けない顔のまま甘ったれてみることにした。

「……今日、一緒に寝ちゃダメ？」

うぐっと呻いた慧史は眉間に皺を寄せて何かを考えている。

「あ、でも忙しいみたいだし、これから部屋で仕事とかするよな。変なこと言ってごめん」

寂しいけどあんまり迷惑かけたらダメだよな、と服の裾を摑んでいた手を離してしょんぼりと目を伏せると、上から物凄《ものすご》く長い溜息が聞こえた。

「…………トイレ行ってからお前の部屋に行くから、寝る準備しとけ」

「っ、うん！」

健は顔をぱぁっと輝かせて自分の部屋に向かった。もう寝るだけなので豆電球以外は消して、ベッドの右半分を慧史のために空《あ》けて布団に入る。

慧史はトイレにしばらく立てこもった後、なぜか僧侶《そうりょ》のような表情で部屋に入って来て、健の隣に仰向けになった。

「兄貴、お腹の調子悪いの？　大丈夫？」

「うるせぇ、さっさと寝ろ」

「へへ、一緒に寝るの、久しぶりだな」

小さい頃はよく慧史の布団にもぐり込んだな、と思い出して顔が緩む。

「お前、相変わらず人間湯たんぽだな」

「兄貴は相変わらず体温低いね」

ふざけて「温めてやるー」と言いながら、慧史の肩にぐりぐりと額を擦りつける。今日は色々と悩みすぎたせいか、慧史に接近しても脈が速まる変な症状も出ない。ただただ幸せで心が落ち着く。

——低めの体温も、優しい匂いも、昔のままだ。

慧史の首筋に鼻先を寄せてくんくんと大好きな匂いを嗅ぐ。あまり甘えすぎると追い払われてしまうかなと思い、ちらっと慧史の顔を盗み見たが、彼は滝行《たきぎょう》中の修行僧みたいな表情で目を閉じたままぴくりともしない。

「兄貴、もう寝ちゃった？　随分難しい顔して寝るんだな」

小さく呼びかけても反応がないので眠ってしまったのだと判断し、健は慧史にぴったりとくっついた。

「……えへへ、俺のにいちゃん」

小声で呟いたら、胸に引っかかっていた心細さが消えた気がした。今日は慧史が遠く感じて寂しくなってしまったけれど、こうして変わらず傍に居てくれるんだから、そんなに不安になることはないのかもしれない。

「ん……安心したら、眠い……」

むにゃむにゃと呟いている間にも、意識が夢の中へと誘われていく。

「……っ、人の気も知らずに安心してんじゃねぇ……！」

慧史の唸るような声が聞こえた気がしたが睡魔《すいま》には勝てず、健は健《すこ》やかな寝息を立てて入眠した。


翌朝、慧史より早く目覚めた健は自分の胸にそっと手を当てた。慧史に寄り添って眠ったおかげで、妙な不安感は収まっている。次いで手首の具合をチェックすると、こちらも違和感はほとんどない。

どの角度から見てもかっこいい義兄の寝顔をしばらく堪能《たんのう》した後、健は静かにベッドを降りてキッチンに向かった。

しばらくすると慧史も目を覚ましたようで、リビングにふらふらと入ってきた。心なしかげっそりしているけれど、よく眠れなかったのだろうか。

「おはよ、兄貴。もしかして俺、寝相悪かった？」

「あー、いや、寝相というか……ん？　それより手首はもう完治したのか」

低血圧の慧史は何事か口の中でぼそぼそと言っていたが、あり合わせで作った味噌汁《みそしる》とだし巻き卵の並ぶテーブルを見てようやく覚醒したらしい。半開きだった目をしっかりと開けて、

健の手首に視線を移した。

「うん、おかげさまで大丈夫そう」

そうか、と不愛想に言って食卓についた慧史だが、今朝は明らかに箸の進みが早い。健の休養中の朝食は調理不要のトーストとヨーグルトが主なメニューだったが、本来慧史は、朝は和食派だ。

「夕飯も今日から俺が作るよ！　寒くなってきたし、鍋《なべ》とかどう？」

「悪くねぇな」

素っ気《け》ない言い方だけど、昨日学食で「お前の作るものは大体うまい」と言ってくれたことを思い出し、健はにやけそうになる口元を味噌汁茶椀で隠した。

——前にきりたんぽ入れたとき、兄貴何度もおかわりしてたな。

ルームシェアを始めてから、慧史に好評だった料理は脳内にきっちりメモしてある。好きな食べ物に手をつける瞬間に口角が少しだけ上がる慧史を見ると、なぜか健も食事が五倍くらい美味《おい》しくなるのだ。

それに何より、今週はたくさんサポートしてくれた慧史の好きなものを作って、精一杯感謝の気持ちを伝えたい。

支度を済ませて玄関に向かう慧史を見送った後、健はやる気満々で腕まくりをしながらリビングの白い球体に話しかける。

「よっしゃ、ポチ。鍋の具材がお買い得なのはどこだ？　あと、きりたんぽも」

『きりたんぽ鍋ですか。今夜は特に冷え込む予報なのでちょうどいいですね。シメはうどんにしますか？　雑炊《ぞうすい》にしますか？』

「うーん、悩むなぁ。兄貴、どっちもわりと好きっぽいんだよな。前回の鍋のときはどっちだっけ？」

『直近は三回連続でうどんです』

「じゃあ今回は雑炊にしようかな」

『本当に？　うどんじゃなくていいんですか？　売り場でついうっかりうどんを手に取りたくなりませんか？』

「う、そう言われると……いや、兄貴いつも学食で蕎麦って言ってたし、麺だと被るから雑炊で！」

『では、そのメニューで検索します。近隣のスーパーで本日特売があるのは――』

慧史が作っただけあって、ポチは相変わらず無駄に会話能力が高い。研究のためなのか、情報収集や学習機能にかなり力を入れて作られたらしいので、返答はほぼ人間レベルだ。今や友達みたいになっている。

球体のてっぺんを指でちょいちょいと撫でた健は、ポチの助言に従ってスーパーを回り、六日ぶりに夕飯づくりに励んだ。

そしてその夜、慧史の取り皿に多めに投入されたきりたんぽは瞬《また》く間に彼の美しい口元に吸い込まれていった。それを見た健も、昼間一人で味見をしたときより断然美味しく感じる鍋を自画自賛しながら口に運び、シメの雑炊まであっという間に二人の胃袋に収まったのだった。

＊＊＊

無事に仕事に復帰して一週間。ちょうど現場が一つ片付いたので、土曜の夜に俊春《としはる》となじみの居酒屋でお疲れ会をした。この店は相変わらずリーズナブルだし、仕事を再開したら今月分の心許ない給料への不安も和《やわ》らいだ。

実際多少なりとも貯蓄《ちょちく》はあるわけだし、今まで通りバリバリ働けばすぐに挽回《ばんかい》できるのだから、過剰《かじょう》に心配する必要はないのだ。

それよりも今は休養中に大学に行った際に胸に生じた違和感の方が気になっており、健《けん》はビールを飲みながら一通り俊春に話して聞かせた。

「――で、なんか大学での兄貴を見たらもやもやしたり、見合いの噂聞いたら心臓のあたりが痛くなったりしてさ」

ブラコンの自覚はあるけど、最近悪化してる気が――と言おうとしたところで、俊春が呆れ顔で口を開いた。

「なんだ、やっと気付いたか」

「へ？　気付いたって、何に？」

健が首を傾《かし》げると、俊春も鏡のように首を傾げた。

「いや、お前、自分が慧史《けいし》さんのことそういう意味で好きって気付いたんだろ？」

そういう意味って？　とぱちぱち瞬《まばた》きをして数秒後、健はぶわっと赤面した。

「え、俺、そういう意味で兄貴のこと好きだったの……⁉」

たしかに、そう考えれば一連の不可解な感情にも説明がつく。

大学の慧史を見てもやっとしたのは、自分は慧史のすべてを知っていて、慧史を独占していると頭のどこかで思っていたからではないか。

見合いの話で胸が痛くなったのは慧史が見合い相手のものになってしまうのが嫌だったからで、もっと昔に慧史から知らない匂いがして寝込んだときも、甘い匂いが移るほど女の子が近くにいたんだと無意識に察知して嫉妬《しっと》したからなのでは――。

「は？　ようやく自覚しましたって話じゃないのかよ」

「いや、俺、ブラコンすぎるのかなって相談しようと思ってただけで……」

「お前な、俺が先入観与えても良くないと思って言わなかったけど、高校時代にグラビア雑誌の大胆水着特集見せたときも『じゃあ俺は前に家族で海に行ったときの兄貴の写真見せてあげる』とか言ってたし、合コンに誘っても『兄貴と過ごす時間が減っちゃうから』って断るし、どう考えてもそういう意味で好きだろ……」

「そうだったのか……」

ということは、ここ半年程で発症した慧史にどきどきする謎の症状も、東京暮らしに慣れて余裕ができて、ようやく慧史と一つ屋根の下で二人きりだということを意識するに至っただけということか。

ならば怪我をした日の風呂場での予期せぬ勃起騒動も、単に欲求不満だったのではなく、慧史にそういうことをしてほしいという欲求があったから――。

「うわあぁぁぁ……」

頭を抱えてのたうち回る健を哀れそうに眺めた俊春は、遠慮《えんりょ》がちに向かいの席からぽんぽんと肩を叩いてきた。

「けどまぁ、見合いの話がその教授の冗談でよかったじゃん」

「うん、それはそうだけど」

「前にドラマで見たけど、大学で昇進するのってコネとか派閥《はばつ》を駆使した壮絶な争いなんだろ。学内での立場なんかもあるし、良くしてくれる教授の娘との見合いじゃ断れないぜ」

「そういえば高校の頃、お前そんなドラマ見てたよな」

毎週人間関係が極限までドロドロになる展開を嬉々として語っていた学ラン姿の俊春を思い出す。顔の熱が収まらないまま相槌を打っていた健は、徐々に血の気が引いていくのを感じた。

今回はただの冗談でも、今後ないとはいえない展開ではないか。幼い頃から慧史にべったりで、なんとなくこれから先もずっと一緒にいると思い込んでいたので、慧史が見合いや結婚をするなんて考えたことがなかった。

けれど世間的には結婚していてもおかしくない年齢とスペックだ。

今しがた恋心を自覚したところなのに、早速そんな可能性を考えることになるなんて幸先が悪すぎる。

——うわ、なんか頭がぐるぐるする……。

大した量は飲んでないのに、のたうち回ったせいか、もしくは嫌な可能性に気付いてしまったせいか、変に酔《よ》いが回ってきた。

「おい、顔色悪いけど大丈夫か？」

「……見合いを断れない場合もあるんだな、って。兄貴が結婚して家庭を持ったら、俺はどうなっちゃうんだろう」

当然同居なんて無理だ。かといって学生時代のように気軽に毎週訪問することもできない。自分の知らない慧史がいるどころか、自分だけの慧史がどこにもいなくなる。

「わ、悪い、デリカシーないこと言ったな」

しゅんと萎《しお》れた健に、俊春は焦ったように両手を顔の前で合わせた。「俊春は悪くないだろ」と返しつつ、悪酔いが加速していくのを感じる。

結局健は食事を終えても足元が覚束《おぼつか》ず、俊春の肩を借りて自宅に帰った。

俊春に支えられながら鍵を開けて玄関に入ると、慧史もちょうど帰宅したところらしく、ぎょっとした顔で出迎えられた。

「どうしたんだ、酔ったのか？」

慧史が俊春に送り届けてくれた礼を言うのを聞きながら、健は自分の足元に視線を落とす。まだ頭が混乱しているせいで、どうにも慧史と顔を合わせづらい。

頑《かたく》なに俯いていたら具合が悪いと思われたのか、慧史が「水飲むか？」と顔を覗き込んできたので、健は反射的に仰《の》け反《ぞ》った。

「と、俊春……！」

助けを求められた親友は困り顔で頬を掻いている。しかし健のために何かしなければと思ったのか、おずおずと慧史に向かって口を開いた。

「あー、あの、特に他意はないんすけど……慧史さんはまだこれからも、結構長く健と一緒に暮らす気だったりするのかなー、とか気になっちゃったり」

自分の発言で健が悩み始めてしまったことに責任を感じた俊春は、この先も健と一緒に居てくれる気があるのか、慧史に気持ちを聞いてくれているらしい。彼は元来隠し事が苦手で、健の想いがバレないように遠回しに言っているため若干言語が怪しいけれど。

「……は？」

案の定、俊春の唐突な質問に、慧史は訝しげに首を傾げた。

「いや、ほら、大人になると色々あるから、どうなのかなーって」

「……さあな。状況によるんじゃないか」

一瞬狼狽えたように視線を揺らした慧史は、すぐにいつもの仏頂面に戻って素《そ》っ気《け》なく返した。「そ、そっすか……」と呟く俊春の声は動揺が滲み出ている。

——ずっと一緒に居てくれる気はないんだ……。当然か。

悪酔いでぼんやりした頭に響いた言葉に、じわりと涙が滲みそうになる。

「——っ、俺、顔洗ってくる。俊春、ありがとな！」

よたよたと洗面所に向かう背中に俊春の心配そうな視線を感じたが、振り返ったら泣き出してしまいそうだったので、健はふらつく脚を叱咤《しった》してひたすら前に進んだ。


翌朝、健は見事な二日酔いになっていた。今日が日曜でよかったと思いながら二時間以上ベッドでうだうだしてから部屋を出ると、ちょうど廊下で慧史に出くわした。

「どうした、ブルドッグみたいな顔して。犬種が変わってるぞ」

「うぅ……二日酔いなんだからしょうがないじゃん」

昨晩の名残《なごり》で気まずさはあったものの、通常運転の毒舌を食らってつい普通に言い返してしまった。

顔を洗った健がリビングに入るのとちょうど同じタイミングで、キッチンに立っていた慧史が味噌汁茶椀を持ってテーブルに向かってくる。

「二日酔いには味噌汁だろ」

「え、作ってくれたの？　ありがとう」

わかめと豆腐のシンプルな味噌汁づくりに成功したらしい慧史は心なしかドヤ顔だ。前衛的な形状に切られた豆腐に、慧史の奮闘《ふんとう》の痕跡《こんせき》を感じて、健は思わず頬が緩んでしまう。

「そういえば、研究で行き詰まってたところは解決した？」

ふと先週大学で中村が言っていたことを思い出して聞いてみると、向かい合って座った慧史はにやりと口角を上げた。

「当然」

ちょっと悪そうで得意げな顔は、昔から変わらず健の好きな顔だ。

——好きだなぁ。

最初からブラコンだったから、いつから好きだったかなんてわからない。でも健はずっと昔から、慧史の何気ない表情も少し意地悪な言動も大好きだった。もしかするとそれを恋と自覚していなかっただけで、自分はずっとこの義兄に恋をしていたのかもしれない。

「今回はゲル化してないはずだが、まずかったか？」

心の底からじわじわと滲み出てくる愛《いと》しさに胸が詰まってぎゅっと目を閉じていたら、慧史がばつが悪そうに呟いたので、健は慌てて首を横に振った。

＊＊＊

翌日の月曜、健《けん》はいつもより早めに現場入りした。身体を動かしている間は、慣れない恋に悩むこともなく無心でいられるから、早く仕事がしたかった。

手壊し解体は体力を使うけれど、その分痛快だ。バールやハンマーで壁や天井《てんじょう》を破壊すると悩みもストレスも吹っ飛んでいく。そう考えると、解体業というのは比較的ストレスフリーな仕事なのかもしれない。

もちろん大変なことも多いし、安全管理や廃材の分別など気を付けなければいけないところはあるが、大工などの建設業とは重きを置くところが異なり、一ミリの誤差で床が傾くとかドアがはまらなくなるなどといった神経質な問題はほとんどない。

それに一軒家の解体は勝負が早い。大工が何ヵ月もかけて建てた家を、解体職人は早ければ一週間程度で更地にしてしまう。それもまた作業として面白《おもしろ》いところなのだが――。

――人間関係も同じ、だよなぁ。

頭を過った考えにハッとして、健は手を止めた。何年もかけて築いてきた関係も、壊すのはほんの一言二言だったりする。もし自分が慧史《けいし》に想いを伝えたりしたら、きっとその瞬間に兄弟関係は崩壊し、同居も中止になる。

「絶対に、バレてはいけない……！」

脳直で猪突猛進《ちょとつもうしん》な健にも、それだけはわかる。慧史が見合いや結婚で離れてしまうかもしれないと危惧《きぐ》していたけれど、それ以前に健の気持ちがバレたらアウトだ。

一緒に暮らしている義弟から恋愛対象として好かれていると知れば、さすがの慧史も引くだろう。長年無自覚だったばかりに無邪気にくっつくことも多かったが、それにも邪《よこしま》な思いがあったのではと疑われたりしたら悲しすぎる。

――絶対に絶対に、隠し通さなきゃ……！

思い込んだら一直線な健は、その日の仕事が終わると拳《こぶし》をぐっと固め、並々ならぬ決意で家路についた。

「お前、なんでずっと横向いてんだ。エジプトの壁画かよ」

その日の夜、向かい合って夕飯を食べていると、酢豚《すぶた》を咀嚼《そしゃく》していた慧史に目を眇《すが》められ、健は口に入れた筍《たけのこ》を丸飲みして噎《む》せた。

親友と同じくらい隠し事が下手という自覚はあるが、恋心を隠さねばと思えば思うほど意識して怪しい動きになってしまう。

今も正面にいる慧史に顔を向けることができず、さっそく的確な突っ込みを入れられてしまった。

「いや、今日はこっちの方角が運気アップってテレビでやってたから」

「飯進んでねぇだろ、バカなこと言ってないでさっさと食え」

苦しい言い訳を一蹴《いっしゅう》した慧史は、あろうことか健の顎《あご》に手を添えてくいっと顔の向きを直してきた。たったそれだけの接触も今は刺激が強すぎて、健はガタっと音を立てて椅子から立ち上がった。

「と、俊春の家に遊びに行ってこようかな」

「もうすぐ九時だぞ、迷惑すぎるだろ」

呆れた様子の慧史に席に戻るよう促《うなが》され、健は渋々着席する。

俯いておかずを口に運び、粛々《しゅくしゅく》と咀嚼している間も、前頭部のあたりに慧史の視線が突き刺さる。変な言動をしたせいで、かえって訝られてしまったようだ。

――ちょっと不自然すぎたかな……。

ムムムと眉間に皺を寄せてポーカーフェイスを作る努力をしながら、健はなんとか食事を終えた。

せっかく気付けた恋心を伝えられないのは苦しいけれど、健にとっては慧史に嫌われたり、今まで築いてきた関係が更地になることの方が怖い。

もしいつか離れる日が来るとしても、それはまだ先のことだ。ただの延命と言われようと、一緒に居られる間は慧史と一緒に居たい。想いが叶《かな》わなくても、傍に居られるだけで幸せなのだ。

翌日もその次の日も、健は好意を垂《た》れ流してしまうのを防ぐために、慧史を直視しないようにしたり、必要以上に接触してドキドキしないように気を付けた。

ところがここで予期せぬ変化が起こった。

健が慧史を避けようとするのに比例して、慧史が妙に距離を詰めてくるようになったのだ。今まではじゃれつく健に対して慧史が「しっしっ」と塩対応する構図が多かったが、どうやら健が休養中に落ち込んだり、恋を自覚して挙動不審になったりしたせいで、悩みがあると思われたらしい。

不愛想なりにコミュニケーションを図ろうとしてくれているのがわかるだけに無下《むげ》にもできず、ここ数日健はただひたすらに高鳴りすぎる心臓の痛みに耐えている。

つい先ほども風呂上がりに牛乳を飲んでいたら、いつの間にか背後に潜《ひそ》んでいた慧史に「髪を乾かしてやる」と言われ、湿った髪を指先で掬《すく》われた。硬直していると頭を優しくぽんぽんされてしまい、風呂の中にいるときよりも汗を掻く羽目になった。

「心臓がいくつあっても足りない……」

なんとか洗面所に逃げおおせて一人で髪を乾かした健は、ぐったりとソファに深く座って独《ひと》り言《ご》ちた。目を閉じてうとうとしていると、ぎしっという音を立てて真横が沈み込む。目を開けるとそこには当然慧史が腰かけており、よりにもよって彼は健に凭《もた》れかかってきた。

「疲れたからちょっと寄り掛からせろ」

ちらりと覗き見た慧史の顔は相変わらずの顰め面のくせに、離す気はないというように健にぴったりとくっついている。

——俺の葛藤《かっとう》も知らずに……！

全身で脈打つ鼓動に、スウェット越しにじわりと上がった体温に、抑えきれないドキドキが滲み出そうになる。

「あのっ、俺、そろそろ寝ようかな——」

「……そうかよ」

たまらず部屋に避難しようと立ち上がったら、腕を掴んで引き止められた。驚いて振り返った先では、慧史が少し拗《す》ねたような顔でこちらを見上げている。薄い唇を物言いたげにへの字に曲げた慧史の表情に、健は心臓が爆発四散してしまうんじゃないかというくらい動揺した。

「あああああと、明日は帰り遅くなるから！」

「あ？　なんで。理由は？」

拗ね顔からいつもの不機嫌顔にシフトチェンジした慧史に、健はぐっと口ごもる。

——兄貴への恋心が溢《あふ》れそうになったので、夕飯を作ってやる代わりに俊春《としはる》に相談に乗ってもらうんだ、なんて言えねぇー……。

ええと、その、と言って後退りする健を、慧史はじりじりと壁際に追い詰めていく。

「言えねえ用事なのか？」

眉間に皺を寄せた慧史の腕が、健の顔の横を通り過ぎて壁に着地する。いわゆる壁ドン状態である。十五年間見ていても全然飽《あ》きない美形に至近距離で見下ろされ、くらりと眩暈《めまい》がした。

「俊春とチョット仕事の話してくるダケネ……」

「……あんま遅くなるなよ。あと帰りの時間がわかったら連絡しろ」

片言で蚊の鳴くような声を絞《しぼ》り出したら解放されたけれど、寿命が五年くらい縮《ちぢ》んだ気がする。

しかも健を訝しんでか、慧史は思春期の娘を持つ父親のようなことまで言い出した。これまでそんなことを言われたことはなかったので、自分の態度がぎこちないせいで心配をかけてしまっているのだと、健は少し反省した。原因の大半は慧史だけど。

「——で、惚気《のろけ》は以上か？」

健の作ったチゲ鍋を食べ終えた俊春が、アパートの床に行儀悪く横になりながら半目で健を見上げた。

「惚気じゃないし！　惚気ってのはもっと、うちの親がよくやる『蘭《らん》ちゃんが可愛すぎてオキシトシンの分泌が止まらないよ』『隆《たか》くん何言ってるかわからないけど今の表情かっこよくてやばい』みたいな、そういうのだろ。俺は兄貴とどう接すればいいか真面目《まじめ》に悩んでるの！」

「ハイハイ、そんなに慧史さんと接しづらいなら、うちに居候《いそうろう》してもいいんだぜ？　ここ、古くて汚いけど結構広いし、お前の作る飯はうまいし」

「そ、それは……兄貴との時間が減っちゃうからちょっと……」

予想外の提案に俯いて指先をいじいじしていると、俊春がぷっと噴き出した。

「お前、ほんとブレないなー」

「もう、笑うことないだろ！」

健がむくれたところで、ポケットに入っていたスマホが鳴動した。慧史からメッセージが届いている。

『まだ帰らないのか？』

スマホの画面に表示されている時計を見ると、慧史に告げた帰宅時間を過ぎている。

『ごめん、今から俊春の家出る』

手早く返信した健は、ボディバッグを摑んで立ち上がった。お互いに明日も仕事だし、長居しすぎるのも良くない。

「俺、帰るわ。話聞いてもらって、ちょっとだけすっきりした。ありがとな！」

俊春に見送られて部屋を出て、アパートの門から駅の反対側にある自宅へ向かおうと踏み出した健の目の前に、見慣れた長身が現れた。

「兄貴!? どうしたんだよ」

「別に。暇だから散歩がてら迎えに来ただけだ。迷い犬になっても困るしな。電信柱にポスター貼んぞ」

「徒歩圏内で迷子にならねぇし！ というか俊春の家なんて行き慣れてるし！」

「うるせえ、夜道でキャンキャン吠えるな。口輪つけるぞ」

うぅ、と唸って睨んで見せると、慧史はおかしそうに口の端を持ち上げて笑った。そんな意地悪な表情にもキュンとしてしまい、健は思わず視線を泳がせる。

「あー、日曜の夜は窯焼《かまや》きピザでも食いに行くか」

「えっ」

近所のショッピングモールに入っている、健の大好きな明太餅《めんたいもち》チーズピザがあるイタリアンの話を出されて、泳いでいた視線は再び慧史に向けられた。

「日中は研究室に行かなきゃならねぇけど夕方には帰れるから、それまで待てるなら」

そう言われて、健は二つ返事で頷いた。俊春に話を聞いてもらったら、悩みは解決しなかったけれど溢れそうだった気持ちが少しだけ安定したし、一緒に出かけるのは久しぶりだからついわくわくしてしまう。

ドキドキするからあまり構われると困ってしまうけれど、大好きだから誘われると嬉しいのだ。

翌日、現場でそのことを俊春に話すと、アーハイハイヨカッタネと来日したての外国人のような返事をされた。

＊＊＊

待ちに待った日曜の夕方、出かける準備を済ませた健《けん》はソファで慧史《けいし》の帰りを待っていた。

「兄貴、早く帰ってこないかな。あ、期間限定メニュー出てるかチェックしとこ」

慧史は食に思考を割きたくないと言いつつ、健と出かけるときは意外と限定メニューにトライしている。それを少し味見させてもらうのも楽しかったりするので、事前にポチに尋《たず》ねておくことにした。

『今はカキとホタテのパスタと、ズワイガニのクリームピザが冬季限定で出ています。健はどうせ明太餅チーズピザでしょうから、慧史はシェアするのを見越してパスタにするのではないでしょうか』

会話機能の精度が上がりすぎて余計なことまで言い始めたポチに、健はむっと口を尖らせた。このAI、だんだん慧史に似てきた気がする。

そんなことを考えていると、玄関が開く音が聞こえた。

「ただいま。もう出られるか？」

大好きな声に呼ばれた健は、お散歩タイムを待ちに待っていた犬のように勢いよく玄関に向かった。行き先は庶民向けのイタリアンだけど、お気に入りの一着を選んでしまった自分に気付いてふと恥ずかしくなる。

「混んじゃう前に早く行こ！」

照れ隠しにせかせかと早足で歩く健を見て、慧史はくっくっと笑っている。

「お前、そんなに腹減ってたのか」

一瞬きょとんとした健は、自分が空腹で急いでいると思われたことに気付き、軽く赤面した。


日曜のショッピングモールは人が多い。学生たちのグループ、家族連れ、カップル、幼児
——……幼児？

健は足を止めて二度見した。目の前を、三歳くらいの男の子が一人で歩いている。周りは自分たちの休日に夢中なのか気に留めておらず、今のところ近くに親はもちろん店員の姿もない。

——いや、でも、これはスルーできないだろ。親はどこだ、親は。

健はきょろきょろと周辺を探すが、子どもを探している様子の大人は見当たらない。迷子センターは何階だっけ。こういうときは店員を呼んだ方がいいのかな。悩みながらもう一度男の

子に視線を戻すと、今度はばっちり目が合ってしまった。あ、と思ったのも束《つか》の間、その瞳が救いを求めてだんだん潤み始める。

「あーっ、もう、どうした？　お父さんかお母さんは？」

どう対応しようかと色々考えていたものの、不安そうな男の子を放っておくわけにもいかず、健は屈んで話しかけた。

「う、ひっく……」

「え、ちょ、迷子だよな？　ええと、両親とはぐれちゃったんだよな？」

「うわぁぁんっ」

男の子の号泣っぷりにあわあわしながら質問を投げかけるも撃沈《げきちん》し、健は途方に暮れる。

「バカ、狼狽《うろた》えるな。不安が子どもに伝わるだろ」

上から溜息まじりの声が降って来たと思ったら、慧史が健の横に屈んだ。

「俺の名前は御園《みその》慧史だ。御園、慧史」

「けいし……？」

「そう。君は？」

「ぼ、僕は、三嶋《みしま》将太《しょうた》」

「よしわかった。将太、歳はいくつだ？　俺は二十七歳だ」

長身で不愛想な慧史が近付いたらもっと泣いてしまうのでは――と心配した健の予想とは裏

腹に、淡々と一つずつ質問を繰り出す慧史のペースにつられたのか、将太は泣き止《や》んで慧史の質問に答えることに集中し始めた。

今のうちだと視線を送ってきた慧史に小さく頷き、健は周りを見渡す。エスカレーター付近で、先程までいなかった店員がカートを片付けている。

「店員さーん！」

急いで若い女性店員に駆け寄り、とにかく「迷子がいる」ということだけ伝えると、すぐについて来てくれた。

店員を連れて戻った先で、慧史と将太は意外と会話が弾《はず》んでいる様子だった。不安げな色の消えた将太の表情に安堵して慧史を見ると、彼は健といるときによく出る顰め面とは正反対の、柔《やわ》らかな微笑を浮かべて将太の頭を撫でている。

「ええと、あちらは？」

店員が慧史を指して首を傾げている。

「あれは俺の義兄《あに》で、あの子が移動しないよう見ててくれたんです」

「あ、そうだったんですね。一瞬若いお父さんかと思っちゃいました」

あっけらかんと笑った店員は腰を屈めて将太に近付き、慧史と一言二言交わして一礼すると、小さな手をとって迷子センターに歩き出した。将太も優しそうな女性店員に安心したようで、慧史に手を振って大人しくついて行く。

「よし、これで一安心だな」

健は口角をあげて言ったものの、足元がゆっくりと瓦解《がかい》していくような感覚に襲われた。

『一瞬、若いお父さんかと思っちゃいました』

悪意のない店員の声が脳内にリフレインする。そう見えてもおかしくない光景だったし、実際そう見えた。

慧史が見合いや結婚をしていつか離れる日が来るとしても、それはまだ先のことだと思考を止め、考えるのを先延ばしにしていた。

けれど慧史と子どものツーショットを目《ま》の当たりにして、慧史が誰かと結婚して子どもを育てる未来をはっきりと想像してしまった。想像できてしまった。

普段不愛想なだけで、慧史が実は面倒見が良いということは、実際に義弟として世話を焼かれていた健が一番よく知っている。昔から口は悪いけれど本当にひどいことを言われたことは一度もないし、横暴なところはあるけれど健が傍に居てほしいときは傍に居てくれた。

近年は健に対しては顰め面ばかりだったが、泣いていた将太を見つめる瞳は優しげで、将太を撫でる横顔はなんだか楽しそうに見えた。

慧史は積極的に小さい子に構ったりするタイプではないし、今まで子どもと接しているところを見る機会がなかったから考えたことがなかったけれど、案外子ども好きなのかもしれない。

——そんなの、見たくなかったし、知りたくなかったな。

先日慧史が「知らないことが出てくると楽しい」と言っていたけれど、やはりあれは賛同できない、と心の中で呟いた。

大好きな義兄のことならなんでも知っている、と自信満々に思っていた頃の方が幸せだった。自分の恋心に気付いたら苦しくなったし、慧史の知らない一面を見つけるたびに不安になるし、芋づる式に悪いことばかり頭に浮かんでくる。

大学で聞いた見合いの噂はデマでも、出会いの機会は他にいくらでもあるだろう。そうしたら自分以外の人間が慧史の隣に立つ日がいつかは来る。

子犬の散歩のようだと言われていた頃から死守してきた慧史の隣に――仮に犬を飼っても譲る気はないと思っていたこのポジションに――弟でも犬でもない、もっと大切な、守るべき存在が収まる日が来る。

「そろそろ行くぞ。これ以上遅くなるとレストランフロアが混む」

「う、うん。あー、腹減ったなぁ」

エスカレーターに向かって歩き始めた慧史を追いかけながらお気に入りのメニューを思い浮かべようとしたけれど、うまくいかなかった。

店に入り、席についてメニュー表を開いてあえて悩んでみたり、新作のデザートにはしゃいでみたりしても、胸に広がった虚《むな》しさは消えてくれない。

健の空元気が慧史にも伝わってしまったのか会話もいまいち弾まず、二人は寄り道もせずにまっすぐ帰宅した。

「ちょっとそこで待ってろ」

自宅のソファに健を座らせると、慧史はそう言って自室に戻った。しゅっとした背中がどことなく困惑しているように見える。せっかくのお出かけだったのに、勝手に落ち込んで、慧史に心配をかけている自分が情けない。

「ただいま、ポチ」

慧史が戻ってくる前になんとか気持ちを立て直そうと、健はソファの前のローテーブルの上の白い球体に話しかける。

『おかえりなさい、健。ピザは美味しかったですか？』

「うん、兄貴は予想通り期間限定のパスタを頼んだよ」

全力で明るく言ってみたけれど、自分の声はどこか白々しい。全然ダメだと頭を抱えたところで、慧史が華《はな》やかな紙袋を持ってやってきた。

「これ、お前にやる」

顔を上げて受け取った健が中身をちらりと覗くと、海外土産《みやげ》と思《おぼ》しきお菓子の缶が見える。

「今日の昼間、研究室で貰った。お前チョコチップクッキー好きだろ」

これで大丈夫に違いないという顔を向けられ、健は内心で苦笑する。幼い頃、愚図っていてもおやつを分けてもらえば上機嫌になったせいか、慧史は未だに健はお菓子を与えれば元気になると思っている節がある気がする。

しかしそんな慧史の少しズレた気遣いに、ささくれかけた心が和《なご》み、健は礼を言いながら紙袋の中の缶を取り出した。

「——ん？」

缶にくっついていたのか、不意にひらりと手のひらサイズの紙が落ちた。可愛らしい桜柄《がら》の付箋《ふせん》に、綺麗な文字が並んでいる。慧史も品物以外が入っているとは知らなかったらしく、床に落ちたそれを不思議そうな顔で拾った。

「兄貴、なに、今の」

付箋を一瞥した慧史は微妙な顔でそれをすぐにポケットにしまった。

「……お前に関係ない」

素っ気ない返答だったが、誤魔化されているのはわかった。すべては読み取れなかったけれど、「先日は」という書き出しと、文末に書かれた「桜井美穂子《さくらいみほこ》」という名前だけは健の目にも確認できた。

——桜井って、どこかで聞いたような……。

記憶を辿り、健は大学での女子学生たちの会話を思い出した。彼女たちが話していた、慧史の見合い相手が『桜井教授』の娘だった。

ということは、今日の昼間、慧史は見合い相手と会っていたことになる。このお菓子は彼女からの贈り物で、しかもメッセージつき。「先日は」と書いてあるくらいだから、二回以上会っているのは確実だ。

瞬間、以前俊春が慧史に今後も健と一緒に居てくれるか聞いたとき、動揺していた慧史の姿が脳裏によみがえった。たしか慧史は俊春の問いかけに対し、「状況によるんじゃないか」と答えを濁《にご》していた。

——そっか、そういうことだったのか。

慧史は基本的にはっきりした性格なので、なんでもない相手とわざわざ日曜に会うなんてことはあり得ない。相手を好ましいと思っているのか、俊春が言っていたように昇進のためなのかはわからないが、少なくとも拒否はしていないということだ。

恋人ができたり結婚の可能性が出てきたら、慧史は同居解消について迷わず言ってくると思っていた。でも慧史はいつも変なところで優しい。

もしかすると今月怪我で一週間も仕事を休み、半額商品ばかりを買っていた健の懐事情や、休養中から健が挙動不審になったことを気遣って、報告のタイミングを考えていたのかもしれない。

「……これ、いらない」

クッキーの缶を差し戻すと、慧史の顔がわずかに強張《こわば》った。慧史は直立したままで、缶を受け取ってくれる気配はない。

健は腹に力を入れて、なるべく普段通りの、駄犬と評される笑顔を作る。

「ごめん、俺、最近態度おかしかったから心配かけたよな。実は引っ越そうかと思ってて、それで悩んでたんだ。俊春《としはる》とルームシェアしようかなって」

そんな話が出たことはなかったが、先日俊春に居候してもよいと言われたのを思い出し、口が半《なか》ば勝手に動いた。

だって、いつまでも弟と同居なんてしていたら好きな人ができても同棲《どうせい》も結婚もできないし、好きな人じゃなくても見合いを断ったら昇進に響くかもしれない。慧史が子ども好きだったとしたら、相手がいなければ子どももできない。

ただ傍に居られるだけでいいなんて自分の都合だけで勝手に考えて、慧史と離れる未来を見ない振りしてきた。でも慧史の立場に立ってみると、仕事面でもプライベートでも健が慧史の近くにいてプラスになることなど一つもないのかもしれない。

それに無理やり一緒に居ようと粘《ねば》ったところで、想いがバレたら幻滅されるだけだ。だったら今のうちに距離を置いて、この恋心を少しずつでも胸の奥から追い出してしまおう。すべてを失うよりは、ただの義弟として慧史が幸せになるのを遠くから眺めている方がきっといい。

——今が引き際なんだ。

単純一直線な健にはポーカーフェイスなんて到底無理だから、めいっぱい俯いてむく毛の秋田犬ヘアで目元を隠す。この髪ももう撫でてくれる人がいなくなるなら、本当に切ろうかな。

そんなことを思ったら、鼻の奥がつんと痛んだ。

「ルームシェアって、なんだ、それ。たしかに俊春君はいいやつだが、この家より条件がいいとは思えない。それに向こうにも迷惑なんじゃねぇか？　お前はたまに手洗いうがいを忘れるし、食後すぐにごろごろしようとするし、風邪を引いても自覚しないし、風呂で寝てることもあるし、ホラー番組を見た日は家中の電気をつけたままにしないとトイレにも行けないし――」

険《けわ》しい顔で欠点をあげ連《つら》ねる慧史に、健は差し出していたクッキーの缶をローテーブルに叩きつけた。その拍子にポチが転がり、ゴトッと音を立てて床に落ちる。

「俊春とは高校からの付き合いだからお互いのことはよくわかってるよ。大体、兄貴は俺のことを子ども扱いしすぎだ！　俺はもう兄貴なんかいなくたって平気だし、もし何か困ることがあっても俊春がいれば大丈夫だから」

大きな声で言い返し、慧史の反撃を待つ。しかしどんな毒舌が降ってくるかと身を縮めた健の予想とは裏腹に、慧史は落ちたポチを無言で拾い上げてこちらに背を向けた。

「そうかよ、だったら好きにしろ」

恐ろしく静かな声で一言そう言って、慧史は自分の部屋に戻っていった。諦《あきら》めたような慧史の声が、からっぽの胸にこだまする。

クッキーの缶をキッチンの隅に置いて無音の廊下を歩き、健は自室のベッドにどさっと横たわった。寂しい。好き。悲しい。愛しい。離れたくない。愛してほしい。肝心《かんじん》な言葉は一つも出ないくせに、馬鹿みたいに涙ばかり溢れてくる。

今すぐに慧史の部屋に飛び込んで撤回《てっかい》して謝って、一緒に居たいと叫びたいけれど、ベッドから起き上がろうとするたびに頭の中で「それで慧史は幸せになるの？」ともう一人の自分が囁く。

恋を自覚するまでは慧史に甘えることに躊躇《ちゅうちょ》がなかったし、きっと何かに悩んだとしても自分が義兄を幸せにできると信じて疑わなかっただろう。ただ義兄のもとに一直線に走り、ここは俺の場所だと彼の真横を陣取って、惜しげもなく尻尾を振っていられた。

でも今は、好きという気持ちだけで相手を振り回してしまうのが怖い。大好きだから、愛しているから、慧史には幸せになってほしい。だからそのために自分は、今度は慧史に背を向けてまっすぐに駆けて行かなくてはいけない。

地球上で独《ひと》りぼっちになったような感覚が苦しくて怖くて、健は頭からシーツを被って身体を丸めた。


翌朝、部屋の扉を開けたら立っていた仲直りロボから『出て行かないでくれ。お前が好きだ。ずっと傍に居てほしい』という音声が流れ、信じられない気持ちで走ってリビングに飛び込むと、甘い卵焼きをテーブルに並べている慧史がこちらを見て「おはよう」と微笑んだ。そして泣き笑いを浮かべながら駆け寄った健の頭を、慧史がわしゃわしゃと撫でる——そんな、痛いほどに幸せな夢を見た。

目覚めたときには泣いていた。腫れぼったくなった目を擦《こす》りながら迎えた現実の朝は味気ないもので、扉を開けてもロボはいなかった。慧史は一切悪くないのだから当然だ。

早朝に家を出た健は、出勤してすぐ俊春に事情をかいつまんで話した。

最初はひどく心配されて考え直すよう説得されたが、その夜に馴染みの居酒屋ですべてを話すと「好きなだけ居ればいいよ。前も言ったけど、うち意外と広いからスペース余ってるし」と承諾《しょうだく》してくれた。

ルームシェアって一回やってみたかったんだよな、と人のいい笑顔で言われて、不覚にも涙腺が緩んでしまった。

引っ越しには会社の軽トラを貸してくれるというので、好意に甘えることにした。もともと荷物は少ない方なので平日にこつこつと荷造りを進め、翌週の日曜には引っ越せることになった。すっかり段ボール箱で仕分けされた部屋を見て、呆気《あっけ》ないものだと虚しさを感じた。

慧史は忙しいのか今週ずっと帰りが遅く、向かい合って食事をすることもないので気まずくなる時間もない。

一人で夕飯を食べていると、終わりの足音がだんだん近づいてくる気がしてなんだか怖かった。

＊＊＊

引っ越し前日の土曜も慧史《けいし》は出勤で、健《けん》が夕方に現場から帰っても家は無人だった。

明日引っ越すことはもちろん伝えてあるが、慧史は何も気にしていないようだ。年々顰め面に拍車がかかっていたし、本当は今までの同居も迷惑だったのだろうかと考えてしまう。

静まり返った廊下を歩き、健は慧史の部屋の扉をそっと開けた。きちっと整った部屋には、複数台のパソコンやモニターがデスク周りに並んでいる。

実は部屋の中をじっくり見るのは初めてだ。同居してすぐに、健は機械に疎《うと》いうえにうっかり壊しそうだという理由で出入り禁止を言い渡されており、普段この部屋に入ることはなかった。

――パソコンには近寄らないから、今日くらい許してくれよな。

何をしたかったわけではない。ただ少しだけ感傷に浸《ひた》らせてほしかった。部屋にかすかに残る慧史の香りをすっと吸い込む。

本当はもっと一緒にいたかった。名残惜《お》しくて部屋をゆっくりと見渡す。難解な書籍や、正体不明の機械。健が「これなに？」と聞いても、慧史はもう答えてはくれないだろう。

痛む胸を押さえて向きを変えたら、部屋の隅の棚が視界に入った。そこには見慣れた小さな仲直りロボが数十体立っている。部分的に未完成で、一目でストックだということがわかる。

胸の部分が空洞になっているから、そこから内部に何らかのパーツを入れて完成させる仕組みのようだ。

——こんなに用意して、どんだけ喧嘩する気だったんだよ。

でも、それだけずっと一緒にいてくれるつもりだったのかな。少なくとも、仲直りロボ数十体分くらいは。自分が出て行ったら、このストックたちはどうなってしまうんだろう。

鼻がつんとして、視界がぼやける。しばらく天井を眺めて涙の気配をやり過ごしてからデスクに目をやると、見慣れた白い球体がぽつんと置かれていることに気付いた。

「ポチ？」

ポチは先日同居解消の話をしたときに健がローテーブルから落として以降、話しかけても必要な情報のみを提示するだけで日常会話を返してこなくなっていた。

やはりあのとき故障してしまったから修理中なのだろうか——そう思ったものの、つい先程リビングでもポチを見かけた気がする。

ではこれは一体、と首を捻る健を、ピカッと光った球体がレンズで捉《とら》える。

『俺はポチじゃねぇよ。ポチはリビングにあっただろ。三歩歩いたら忘れんのか』

「は⁉　な、だったらお前、何者なんだよ」

声は若干無機質ながらものすごく聞き覚えのある口調に、健は相手が球体だということも忘れてつい本気で聞き返した。

『俺は慧史の性格をもとに作られたＡＩだ。通常のデータベースに加え、ポチが仕入れた知識も俺に蓄積《ちくせき》され、より慧史に近い思考になるように研究されている。……なぜかここ数日は、ポチからの情報が伝達されてこないんだが』

そういえばポチは情報収集の役割を兼ねていると以前慧史が言っていた。研究上、高度な会話を可能にするためのデモ機か何かだと思っていたけれど、慧史の性格をもとに作られたとはどういうことだろう。

頭がついていかない健に構うことなく、球体は続ける。

『まあ外装は専門外なせいでこんな見た目だから、お前がピンとこないのも無理ないか』

「いや、そうじゃなくて、なにこれ、なんのために……」

『それはお前が――』

「何してんだ。部屋には入るなって言っただろ」

球体の言葉を遮るように低い声が部屋に響いた。振り返ると、扉のところに慧史が立っている。

「ご、ごめん。でも、これ――」

健は狼狽えながら球体を指差した。

「それはもうただのゴミだ。ポチとの通信も切ってある。明日にでも処分しようと思ってたところだ」

慧史は抑揚《よくよう》のない声で言いながら健の前まで来て、球体に繋がっている配線を乱暴に引っこ抜き、ゴミ箱の底に叩きつけるようにして捨てた。慌ててゴミ箱を覗き込んだが、球体は割れてしまっている。

「でもこいつ、兄貴そっくりの口調で凄い流暢《りゅうちょう》に喋ってたよ!?　あんな高度な会話ができるAIがゴミなわけないだろ！」

「でも、お前はもう、俺がいなくても平気なんだろ！」

健が叫ぶように言うと、慧史はデスクを叩きながら怒鳴った。

「なんだよそれ、意味わかんないんだけど」

「先週の日曜にそう言っていたじゃねぇか。三歩歩いたら忘れんのかよ」

たしかに引っ越しの話をしたとき、慧史がいなくても大丈夫だというようなことは言った。慧史と距離を置くために吐いた、ほとんど売り言葉に買い言葉の真っ赤な嘘だ。しかしなぜ今その話が出てきて、どうして慧史が怒っているのか、彼が何を言いたいのか、何一つわからない。

十五年間も兄弟をやっているのに、お互いのことなんて何も知らないいんじゃないかとすら思えてきて、悲しみと苛立ちがマーブル状に混ざり合う。

「それとこれと何の関係があるんだよ。第一、兄貴がいなくても平気なんて、そんなわけないだろ!?　俺はただ……これ以上兄貴の傍に居ない方がいいから……」

捲《まく》し立てていた言葉は徐々に失速し、ついに涙がぼろっと零《こぼ》れてしまった。慧史が目を瞠《みは》っている。

「は……？　なんだそれ、お前が居ない方がいいなんて言ったことねぇだろ」

「でも桜井《さくらい》教授の娘さんと見合いしたんだろ？　結婚するなら俺邪魔じゃん」

鼻をすすりながらやけくそで言い添えると、慧史はぎょっとした顔で健を見た。

「なぜそれを――というか、見合いは未遂《みすい》だし、結婚なんてするわけないだろ」

「何回も会ってたのに？　クッキー貰ってたのに？」

「いや、一回しか会ってねぇし……お前、そんなこと心配して出て行こうとしてたのか。ったく、余計な気回してんじゃねぇよ」

くだらねぇ……と溜息を吐いた慧史にカチンときて、健は反射的に手近にあった書籍を投げつけた。顔面でキャッチした慧史の額と鼻が赤くなっている。

「うぐっ、てめぇ、桜井教授の著書を投げるな！　これ七百ページあるんだぞ」

「うるさい！　そんな言い方しなくてもいいだろ！　俺は出て行くからな！」

「ど、どうしてそうなる。見合いも結婚もしないんだから、ここに居ればいいじゃねぇか。俺より一緒に居たいやつができたならまだしも、そんなわけのわからん理由でお前を手放す気はねぇぞ」

部屋を出ようとしたところで手首を掴んで引き寄せてきた慧史の手を、健はぱしっと振り払う。

「嫌だ、離せよ！　今回は俺の勘違いだったのかもしれないけど、これから先もそういうことはあるだろ⁉　前に俊春《としはる》に聞かれたときも、状況によるって言ってたもんな。でも俺には、兄貴の隣を取られちゃう日を怯《おび》えて待つのなんて無理だよ！　それにどっちにしろ離れた方がいいんだよ。今のままじゃ兄貴に彼女ができても祝福できないもん。俺は兄貴のことがそういう意味で好きだから、絶対嫉妬しちゃう――」

勢いで口走ってから、健はさっと青ざめた。傍に居ることだけでなく、今の発言で、距離を置いて慧史の幸せを願ういい義弟になる作戦もダメになってしまった。

終わった。恋も、兄弟という関係も、全部。茫然《ぼうぜん》とする健の頬をいくつもの涙が伝い落ちる。

「……そういうことだったのか。お前は本当になんでも壊すな」

兄弟関係まで破壊してしまった自分の発言を詰《なじ》られると思った瞬間、ぽん、と頭に慣れ親しんだ重みを感じた。涙でぼやけているけれど、健の頭を撫でる慧史は笑っているように見える。

「俺もお前をそういう意味で好きだ。ガキの頃、父さんが再婚した寂しさとか戸惑いとか、いろんな感情を抑え込んでた俺をキレさせたお前が、俺のために泣いてくれたあの日から」

今思えば父親は仕事が忙しい人だったので、再婚は息子のためでもあったとわかるが、当時慧史は自分だけが置いてけぼりにされたと感じていたらしい。

そんな心細さや孤独を抱えていたときに、自分の気持ちに寄り添い泣いてくれた健の存在は、慧史を救ったという。

「へ……?」

「お前は俺の初恋で、特別だ。けど可愛い義弟でもあるからな、伝える気はなかったんだが――結局お前は兄弟って壁まで壊してくれたな。俺の見合いだの結婚だの、あらぬ方向に一直線に走り始めたのは焦ったけど」

俊春に状況次第と言ったのは、質問のニュアンスを「健とずっと一緒に居てくれる気はあるか」ではなく「いつまで一緒に居る気なのか」と捉えてしまったため、動揺してあんなふうに言ってしまったとばつが悪そうに言われ、健は驚きと安堵で力が抜けてへたり込んだ。

床に尻を付けた健に視線を合わせるように屈んだ慧史は、すっとゴミ箱を指差した。

「あの球体は、俺に万が一のことがあったときにお前のために作った、俺の思考をトレースしたAIだ」

「は……?」

急に話題が変わり、健は涙を拭《ぬぐ》いもせず首を傾けた。話が見えないと目で訴えると、慧史は思い出を振り返るように少し遠くを見た。

「お前は覚えていないかもしれないが、幼いころ俺が事故に遭《あ》ったとき、お前、わんわん泣いたんだよ」

「お、覚えてるよ……っ」

記憶を掘り返すまでもなく、それはすぐに思い当たる。健が小学校一年のときの朝の通学路、居眠り運転の車から健を守った慧史は二週間も入院することになったのだ。

「あのときお前は、俺がいなくなったら両親や友達がいても一生不幸だと、そう言ったろ」

人の気も知らないで、と慧史は苦笑した。当時すでに健に心を奪われていた慧史にとって、愛する健が不幸になるというワードは相当効いたらしい。

「だから俺は、俺に万が一のことがあってもお前が不幸にならないように、死なない俺を作ろうと思った。俺がロボット工学の道に進んだ発端はお前のあの一言だった」

「なにそれ、俺、聞いてない……」

「言ってねぇからな。ただ、俺はとにかくお前が不幸にならず、幸せになってくれればそれでよかった」

何言ってんだ。そう言いたいのに嗚咽《おえつ》で言葉にならなくて、健はただ慧史に抱き付いた。

慧史と同じ思考のAIがあっても、慧史が居てくれなければ意味がない。しかも若干発想が狂っている。頭は良いのに、相変わらず肝心なときにどこかズレている。

「俺といるより俊春君とか、別の人といる方がお前の幸せなら、それを止める気はなかった。お前は昔から自他ともに認めるブラコンだけど、いずれ義兄離れする日が来るってのは頭の片隅に置いてたしな」

いざ健がよそよそしくなったら、つい必要以上に構って引き留めようと足掻《あが》いちまったけど

――と慧史は苦笑を浮かべた。そんなふうに想ってくれていたなんて気付かず避けるような態度を取ってしまったことを、健は内心で深く反省した。

「とはいえこの一週間で、お前を少し離れたところから一生見守っていく覚悟もちょっとずつ決まってきたわけだが、その必要もなくなったんだな」

胸に顔を埋める健の頭を大きな手がわしわしと撫でる。顔を上げると、真剣な眼差《まなざ》しに射貫かれた。愛しさに心が震える。

「俺もお前が好きだ。これから一生、傍に居てほしい」

決して言われることがないと思っていた言葉が、慧史の口から紡《つむ》がれている。なんて幸せなんだろう。

「うん……！　ずっと傍に居たい、けど――」

「なんだ、お前が一人で悩むとろくなことにならねぇのはついさっき実証されてるんだから、いつも通り脳直で言え」

頬を両手でむにゅっと挟《はさ》まれ、健はしょんぼりと小さく項垂れた。

「いや、桜井教授の娘さんは、兄貴のこと気に入ったんじゃないかなって。付箋だったけどメッセージも貰ってたし……もし教授の娘からアプローチされてるのに断ったら、大学での立場が悪くなったりしないかなと思って」

何の話だとでも言いたげな慧史に、クッキー缶に添えられていた付箋のことを話すと、ようやく合点がいったような顔をした。

「それはない。絶対ない。サプライズ好きの桜井教授が不意打ちで見合いさせようとして娘さんを研究室に呼んだことがあったが、俺が断る前に彼女の方が秒で断って来た」

困り顔の娘——美穂子《みほこ》の放った「お父さんには言ってなかったけど実は付き合ってる人がいて……」という一言で出会い頭《がしら》に振られる羽目になった慧史に教授が青くなったところで、慧史のもとに健からの音声データが届いた。その日は健が捻挫をした日で、例の途切れ途切れのメッセージに動転した慧史を、車で来ていた美穂子が最速で送り届けてくれたという。

「この前のクッキーは教授のサプライズ無駄打ちに対するお詫《わ》びで、それ以上の意味はねぇよ。海外出張から帰った娘さんからクッキーを託《たく》された教授が、日曜に研究室に駆り出された俺に渡してくれただけだ」

付箋には「先日はそそっかしい父がご迷惑をおかけしました。同棲中の恋人さんはその後いかがでしょうか」と書いてあり、後半部分をまずいと思った慧史が咄嗟に隠したのを健が誤解した、というのが真相だった。

「お前が大怪我したと思ったら俺もだいぶパニックになって、死ぬほど大事なやつと住んでるって感じのことを彼女の車内で口走ったような気がするけど……まさかあんな付箋が入っているとは思わなかったんだよ」

慧史は照れくさそうに頭を掻いた後、真剣な顔で健の瞳を覗き込んだ。

「そういうわけだから、俺の立場は悪くならない。そもそもドラマじゃあるまいし、今の時代の国立大の助教の昇進にコネなんてほとんど関係ねぇよ。仮にケチつけてくるやつが居たとしても実力で跳ねのけるわ。言っただろ、売られた喧嘩は結果で返すって」

まっすぐに目を見て、言い聞かせるように話す慧史はやはり「にいちゃん」だなと場違いなことを思った。

「よし、これで解決でいいな？」

愚図《ぐず》る子どもを宥《なだ》めるみたいに頭を撫でられて、ふとショッピングモールで将太《しょうた》とのツーショットが親子のように見えて落ち込んだことを思い出す。あのときの慧史はなんだか楽しそうで、案外子どもが好きなんだなと思ったのだ。

「えっと、あと、俺、子どもとか産めないけど……」

同性の自分が相手では、血の繋《つな》がった子どもは諦めるしかない。男女でもそれを理由に関係に亀裂が入ることがあるのだ。言ってしまってから、慧史の反応が怖くて唇を噛む。

「あー……悪い、俺も産めねぇわ」

「へ？」

思わず間の抜けた声が出た。慧史にふざけた様子はなく、大真面目に言っている。

「なんでそこで驚くんだ。お前も俺も男なんだから、産めるわけないだろう」

「それはそうなんだけど……」

予想の斜《なな》め上の返事に呆気に取られてしまったけれど、言われてみれば二人とも平等に男だ。見合いや結婚の話で悩みすぎたせいか、健は知らず知らずのうちに自分を女性のポジションに置き換えて罪悪感を抱いていたのかもしれない。

「お前、そんなに子ども好きだったのか。ったく、仕方ねぇな。少し時間はかかるかもしれないが……作るか」

なんのスイッチが入ったのか、慧史はデスクの上のパソコンを指差した。ちょっと待て、何を作る気だ。

「子ども好きなのは兄貴だろ？　何気に面倒見いいし、先週の日曜はショッピングモールでも楽しそうに男の子と話してたし」

慧史が何かを生み出してしまわないように焦って付け足すと、彼は首を傾げて記憶を辿りだした。

「あぁ、あれか。別に子どもが好きなわけじゃねぇよ。ただ泣いているガキを見ると、小さい頃のお前を思い出して微笑ましく感じるだけだ。つまり、お前が好きなだけだな」

当然のように言われて、健は赤くなった顔を慧史の肩口に埋めた。ぬくもりが、匂いが、想いが通じ合ったことを健に実感させる。

頬に手を添えられて上を向かされると、顔中にキスの雨が降って来た。幸せすぎてくすぐったい。にやけてしまう唇に嚙みつくような口づけをされ、酸欠になるほど貪《むさぼ》られる。

そのまま移動してきた舌を首筋に這《は》わされて、身体がびくんと跳ねた。その拍子に健の足がデスクに当たって載っていたモニターが激しくぐらつき、すんでのところで慧史が落下を食い止めた。

「……こ、これは壊すな」

「しょうがないじゃん、壊すのが仕事だし」

焦った顔の慧史がおかしくて笑うと、首根っこを掴まれて部屋の奥のベッドに放り投げられた。慧史の匂いのするベッドに着地した瞬間、段違いにドキドキしてくる。

——これって、する流れだよな？　服とか脱いだ方がいいのか？

緊張を払拭《ふっしょく》するように立ち上がり、うりゃっと気合を入れてトップスを脱ぎ捨てたが、緊張は増しただけだった。下も脱いだ方がいいのかと半ば混乱してズボンに手をかけながら慧史を窺うと、なぜか彼は固まっている。

「その、脱いでおいた方がスムーズでいいかな、と。あ、でも脱がせる楽しみとかあるのか？　だったら着直すよ。いや、その前に兄貴が脱ぐのを手伝った方がいいのか——って何言ってるんだろ、俺」

途中から訳がわからなくなった健は自分のズボンを上げ下げしたり、慧史のワイシャツのボタンを嵌《は》めたり外したりと混乱を極めた。

「……ごめん、俺、超緊張してる」

結局慧史のワイシャツはボタンが一つ飛ばしに外され、健のズボンは膝に引っかけたままという中途半端な状態で、健は赤くなった顔をしょぼんと俯けた。

部屋に沈黙が落ちる。雰囲気を壊してしまった健に呆れているかもしれないと思い、無言の慧史を上目で盗み見る。彼は呆れ顔ではなかったものの、鬘め面の最終形態みたいな顔をしていた。これはこれでいっちゃってる感じの怖さがあり、健は慄《おのの》く。

「そ、そんなに怒らなくても――うわっ」

思わず後退った瞬間、脱ぎかけのズボンに足を取られて、健は仰向けのままベッドにダイブした。ベッドボードに後頭部を強打し、一瞬死んだ祖父《じい》ちゃんが見えた。

「お前はほんとに……」

額を手の平で覆《おお》った慧史は、大きく深呼吸してから硬直している健に覆いかぶさってきた。ぎゅっと目を瞑った健に与えられたのは甘やかすようなキスで、おそるおそる目を開くと慧史の苦笑が視界一杯に映る。

「怒ってない……?」

「なにビビってるんだ」

「だってさっき、三人くらい沈めてきたみたいな顔してたよ!?」

「それは――」

慧史にしては珍しく言い淀《よど》んでいるのが引っかかって、健は慧史をまっすぐに見つめる。

「というかこの際だから言うけど、兄貴、俺といるとき顔顰めてばっかだし、嫌なことかあるなら直すから言ってくれよ」

あとで大きな亀裂になるのだけは避けたいんだと訴えたら、慧史は観念したように口を開いた。

「……お前がいちいち可愛いことをするから、暴走しないように耐えてたんだよ、色々と」

十秒ほどして、健はぼっと顔が熱くなった。予想外の真相に赤い顔のまま視線を彷徨《さまよ》わせると、「だからそういう……」と呟いた慧史に深く口付けられる。

口内を蹂躙《じゅうりん》した慧史の舌は徐々に下へと移動し、胸の突起を愛で始《めはじ》めた。そこへの刺激は快楽よりもくすぐったさが勝っていたが、昔から美形で大人っぽい義兄が自分の胸に吸い付いている姿は妙に背徳的で、ずくんと下腹部が疼《うず》く。

「ん……っ、ちょっと、待っ」

脱ぎかけだったズボンと下着を取り去られ、半勃ちになった自身が明るい部屋に晒される。恥ずかしくて閉じようとした脚は、慧史に掴まれてガバッとM字にされてしまった。

丸出しというか、丸見えというか、とにかくこの体勢は居た堪れない。抵抗しようと身体を起こしかけた瞬間、生温かい舌が性器にまとわりついてきて、健は息を飲んだ。慧史が健のそれにぱっくりと食いついている。

「ひゃ――っ」

慧史の薄い唇にぬるぬると扱《しご》かれ、眩暈がするほど羞恥を感じる。薄目で下半身の方を見たら、美しい口元から自分のあれがじゅぽじゅぽと出し入れされる卑猥《ひわい》な光景を直視してしまい、いっそのこと気絶してしまいたくなった。

そんな心臓に悪い状況だというのに、欲望に忠実な自身は口淫《こういん》開始からほんの数十秒で痛いほどに張りつめていく。近付く絶頂に思わずぶるっと身震いすると、ぱっと口を離された。

「あぅ……」

早漏《そうろう》にならずに済んだものの、火がついたまま中断されたせいか、つい強請《ねだ》るような声が出てしまった。両脚の間から見える慧史の顔が少し笑っている。顔に血液が集中してくるのを感じて両腕で顔を隠そうとしたが、ぺしっと退けられてしまう。

「ったく、隠そうとすんな」

心なしか弾んでいる慧史の声に、うぅ、と羞恥の唸り声を上げていると、不意に後孔《こうこう》をくすぐるように撫でられた。健の先走りと慧史の唾液《だえき》で十分に濡れそぼったそこを優しく指で擦られると変な感じがする。

「今日はここで止めておくか？」

反射的に身体を強張らせた健に、動きを止めた慧史が真剣な眼差しで尋ねてくる。本来入れるべき場所ではないところに慧史を迎え入れようとしているのだから、怖くないと言ったら嘘になるけれど、それ以上に慧史と一つになりたい。

不愛想で口が悪くて意地悪で、でも健のことを一番大切にしてくれる慧史に、今も心配そうにこちらを見つめている優しい恋人に、全身で愛されたい。

「止めないで……ちょっと怖いけど、俺、兄貴のものになりたい……っ」

だからちゃんと抱いて欲しい。精一杯の気持ちを伝え、慧史を見上げる。ついでに行動でも示そうと、自ら膝裏に両手を添えて足を開く。

「お前、俺の忍耐力に感謝しろよ」

ワイシャツを脱ぎ捨てた慧史が、ぐっと顔を顰めて唇に噛みついてきた。窄《すぼ》まりの周辺をマッサージするように一周した指が、ゆっくりと健の中を押し広げていく。惜しみなく注がれるキスの幸福感のおかげか、慧史の慎重《しんちょう》な手つきのおかげか、違和感はあるものの痛みはほとんどない。

後ろを弄《いじ》られながら性器の先端を指の腹で擦られて、少しだけ怯《ひる》んでいた身体が再び熱くなっていく。

「あ、あっ、だめっ」

じわじわと訪れる快楽に、慣れない後孔への刺激にも身体が敏感に反応し始めた。いきたい。出したい。切なく腰が震える。扱いてもらえないまま鈴口ばかりを執拗《しつよう》に虐《いじ》められて、達することのできないもどかしさに涙が浮かぶ。

「も、入れて……っ」

滲む視界で慧史を見つめて、健は腰を揺らして請《こ》う。駄目押しに両手で自分の双丘を広げると、慧史の喉からごくりと唾《つば》を飲む音が生々しく聞こえた。

「お前、くそ、俺の気遣いを……っ」

小さく呻いた慧史はズボンのベルトを外し、健の中に荒々しく入ってきた。先端をぐぷりと飲み込んだ瞬間、息が詰まった。覆い被さってくる慧史の瞳の奥には、見たことのない欲の色が滲んでいる。

互いの両手を握り合い、健の身体に自身が馴染むのを待って、慧史は律動を始めた。その動きは徐々に勢いを増していく。腰をグラインドされ、最奥《さいおう》を穿《うが》たれるたびに目の前がチカチカと光る。

「あ、いきそう――」

思わずうわ言のように呟いた途端、慧史の動きは緩慢《かんまん》なものになった。

口淫のときも後孔を解《ほぐ》すときも絶頂直前で寸止めされた健の屹立《きつりつ》は、もうびしょびしょに濡れている。自分で扱きたくても、両手を恋人繋ぎで絡めているのでそれも叶わない。

「うぅ、なんで」

「『待て』だ」

恨みがましい目で問うと、慧史は至近距離で右の口角だけをにやりと上げた。意地悪な顔は見慣れているはずなのに、心拍数が跳ね上がる。こんなに色気のある慧史は知らない。

「お前があんまり可愛いから、つい虐めたくなる」

「あぁっ」

奥のしこりをぐりぐりとすり潰すように刺激され、あられもない喘《あえ》ぎ声《ごえ》が漏れる。達することができないままの健の性器から、とろっと先走りが溢れた。

「も、やだ……いきたい、いかせて、にいちゃんっ」

「……それは反則だろ」

子どもみたいな涙声を上げると、悔しそうな呟きと共に中の慧史の質量が一気に増した。健の内壁はそれを敏感に感じ取り、きゅうきゅうと慧史を締め付ける。

酸欠になりながら、もう一度「にいちゃん」と泣きつくように呼んだら、ぎゅっと両手を握り直した慧史に最奥を貫かれた。頭が真っ白になり、次の瞬間には腹が自分の白濁《はくだく》で濡れていた。

「好きだ、健。愛してる。これから一生、幸せにする」

「――――っ」

絶頂を迎えてもなお突き上げられる最中、切羽《せっぱ》詰まった声が降ってきた。一瞬都合のいい夢かと思ったけれど、その直後に奥に感じた熱い飛沫《ひまつ》も、倒れ掛かってくる慧史の重みも、汗ばんだ肌も、ちゃんとリアルだ。

「俺、兄貴がこうして傍に居てくれれば、それだけで一生幸せだよ」

多分人生で一番の笑顔で言いきって、自ら慧史にキスを贈る。唇が離れてからこつんと額を合わせてきた慧史は、目尻《めじり》を垂らして笑っている。見たことがないほど蕩《とろ》けた表情に、きゅんと胸がときめいた。こんなに甘い慧史も知らない。

——知らないことが増えるのも、悪くないかも。

ふと、先日慧史がおにぎりで例えた知識の球体の話を思い出した。健は自分の知らない慧史がいることを知って、恋心や独占欲に気付いて、そんなものは知らない方がよかったと思った。触れたことのない感情を持て余して怖くなった。

けれど今ならわかる。知識の球体の表面に触れた未知のものは、やがて取り込まれて自分の一部となる。だから知らない慧史を、知らない自分を知ったなら、恐れずに手を伸ばせばいい。それはきっと、もっと大きな愛になるから。

シャワー後、健は枕に半分顔を埋めたままスマホに指を滑らせる。

つい一分前に俊春に送った、お騒がせしたことへの謝罪と簡易報告のメッセージに、犬が喜んで走り回っているスタンプが返ってきた。気のいい友人に今度何か奢ろうと健が心の中で決めた瞬間、ベッドの反対側がぐっと沈んだ。飲み物を取りに行っていた慧史がリビングから戻ってきたのだ。

「お前、やっぱり置き場とか銭湯とか、他所で風呂に入るの禁止な。危険すぎる」

「なっ、どういうこと……だよ……」

勢いよく文句を言いかけたところで、ついさっきまで風呂場で行われていたことを思い出して失速し、健は思いきり枕に突っぷした。あんなふうになるのは慧史に触れられたとき限定だから危険でも何でもないし、と言い返したいけれど顔を上げられない。

——とにかくすごかった……っ。

初めての行為でくたっとしてしまった健を風呂場に連れて行った慧史は、最初は丁寧に健の全身を洗って至れり尽くせりの世話を焼いてくれた。そこまではよかったものの、中に出された精液をかき出すのにあの長い指に翻弄《ほんろう》され、挙げ句健から強請る羽目になり、最終的には理性の箍《たが》が外れた慧史により、ベッドで行なわれたこと以上のめくるめく世界に招待されてしまった。

しかし、ここで自分の痴態《ちたい》を思い出すのは恥ずかしさの追い打ちになる。ただでさえ慧史が愛おしげに髪を撫でてきたりして、健は事後の雰囲気が照れくさくて死にそうなのだ。

どうしたものかとちらりと目元だけ枕から上げると、視線の端にあのＡＩが捨てられたゴミ箱が映った。

「……そういえば、ああいうのってドラマとかだと逆だよな」

慣れない空気を変えたくて、あえてカラッとした声で言うと、慧史も健の髪から手を離してゴミ箱に視線を移した。

「あ？　逆？」

「ほら、恋人を失った科学者が生前の恋人そっくりのアンドロイドを作っちゃう、みたいな作品はあるじゃん」

「何言ってんだ。お前が死んだら俺は迷わず後を追うから、それは必要ねぇだろ」

空気を変えるどころか、さらっととんでもない断言をされて、健は盛大に噎せた。

昔から自分たちの関係は、ブラコンの健が素っ気ない慧史を追いかけているのだとばかり思っていたけれど、実はこの男、相当重いのではないだろうか。

想定外の新事実に動揺したものの、嫌な気はしない。むしろ咳き込みながらも顔がにやけてしまうくらいには、自分の愛も重いらしい。

「ほら、水」

ペットボトルを渡されて喉を潤し、冷たい水で気持ちを落ち着ける。ほっと一息ついたところで、健のスマホに母からメッセージが届いた。

「メリークリスマス！」の一文とともに送られてきた写真は、街の大きなツリーの前で義父と二人、指でハートを作っているという惚気以外の何物でもないものだった。

「今日、クリスマスだったんだ……そういえば最近街並みが賑《にぎ》やかだったような……」

こんな定番イベントの存在を忘れるなんて、ここ最近の自分はどれだけいっぱいいっぱいだったんだ、と苦笑する健の横で、慧史も同じ顔をしている。

寂しかったのも辛かったのも自分だけじゃないんだな、としみじみしていた健だったが、ハッと思い至って顔を上げる。

「俺たちのこと、母ちゃんたちには……」

「まぁ、折を見て言うべきだな。あの二人ならひどい反対はしないだろうけど、多少思うところはあるだろうから、なるべく丁寧にしっかり説明するつもりだ」

「わかってくれるかな。わかってもらえるように、頑張ろうな」

わかってもらえない可能性もあるけれど、慧史と離れることも両親を嫌いになることも、どちらも万が一にも想像できない。それはそれで、そんなに大切な人たちがいることが誇らしいと感じる。それに慧史が一緒なら、どんなことも乗り越えられる気がする。

「というか、今日クリスマスだったんだなぁ。あー、チキン食べたい」

そう言って時計を見ると、慧史もつられてそちらを見た。

「あぁ、そろそろ夕飯の時間か。何か買ってくるから待ってろ」

「え、ちょっと」

あっさりと外出の準備を始めようとする慧史の腰に、健は焦ってしがみつく。

「一緒に行こうよ。外食でもいいし。せっかく両想いになったんだし、離れたくない」

両腕で腰をホールドしたまま眉を下げて見上げた先では、慧史が眉間にくっきり皺を寄せている。

「はぁ――外に出るなら目出し帽でも被れ」

「なにそれ⁉」

意味不明な命令に思わず突っ込むと、慧史はふっと顔を緩めて健の頬を両手で包んだ。

「今のお前の『抱かれました』って顔は可愛すぎるから、誰にも見せたくねぇんだよ」

「は、はぁ⁉」

「両想いになったことだし、もう気持ちを隠さないぞ。可愛いと思ったら可愛いって言うし、抱きたくなったら抱く」

「な、な、なんだそれ……っ」

ぶわっと首まで赤くなるのが自分でわかる。なんだよ、それ。こんなにべたべたに甘い慧史、知らない。けれど、知ってしまった。胸が焼けるほど甘ったるくて重い、自分だけの慧史を。

――お互いの良いところも悪いところも意外な一面も、これから一生、一緒に経験して知っていくんだ。

少し前までは関係が壊れるのが、知りたくないことを知ってしまうのが、ただただ怖かった。その先にこんな幸せが待っているなんて想像もできなかった。

ふと解体のアルバイトを始めた頃に親方から言われた言葉を思い出す。

使われなくなった建物を壊して更地にすることで、その土地を生まれ変わらせる。それこそが解体の意義――それは自分たちも同じだった。

何年も続いた兄弟という関係は壊れて更地になった。けれど寂しくない。
生まれ変わった関係に、新たに実った愛に、より幸せな未来が築かれていくから。

ブラコンは
愛を育んでいます

BROCON WA
AI WO HAGUKUNDE
IMASU

大好きな人の部屋で、大好きな人の匂いに包まれて、健《けん》は目を覚ました。

視界いっぱいに広がる見慣れたネイビー色は、いつも慧史《けいし》が着ているパジャマだ。彼の胸元に顔を埋《うず》めて思う存分深呼吸をした健は、幸福に緩《ゆる》みきった顔を上げる。

――俺、兄貴と恋人同士になったんだなぁ。

相変わらずどの角度から見ても美形な義兄の寝顔を、健は感慨《かんがい》深く眺める。以前だったら「兄貴かっこいい」と穴が開くほど見つめ続けていられたが、今朝《けさ》は少しだけこそばゆい。

「……えへへ、俺の、恋人」

小声で呟いたら猛烈に照れくさくなってきた。もぞもぞとベッドの中で向きを変えて、健は軽く目を見開く。視界に入った壁掛け時計の針が十二時のところで重なっている。日曜とはいえ、ゆっくりしすぎたかもしれない。

――そういえば腹減った……。朝食兼昼食、何にしよっかな。

低血圧で朝が苦手な慧史も、さすがにそろそろ起きるだろう。軽く伸びをして起き上がった健は、静かに寝息を立てる慧史の腕からそっと抜け出した。床の配線や机の上の機械類に触れないように気を付けつつ、覚束《おぼつか》ない足取りでキッチンへ向かう。

昨夜買い出しを忘れた冷蔵庫の中身は予想通り品薄状態だ。かろうじて残っている卵とチーズで――とメニューを考えながら食材に手を伸ばす。瞬間、腰に鈍《にぶ》い痛みが走った。

「いてて……今日が休みでよかった」

手で腰を押さえた健は、腰痛の原因を思い出して顔を赤くする。

二人が身も心も結ばれたのは、昨日の夕方のことだ。慧史と両想いになれたことが嬉しくて、初めての情事が終わったあとも健は彼にくっついて過ごした。夕飯を食べに外に出るときも、帰宅してまったりテレビを見るときも、それはもう一ミリの隙間もなくぴったりと。

結果として、くっつき虫と化した健は夜になると慧史の部屋までのこのこついていき、瞬《また》く間にベッドに引きずり込まれ、空が白み始めるまで雄《オス》の顔をした義兄に食い尽くされた。

あれだけ一晩中下半身をぐずぐずに蕩《とろ》けさせられたら、身体の丈夫《じょうぶ》さには自信がある健もさすがに足腰の違和感が拭《ぬぐ》えなくて当然だ。

——でも、幸せだな。ここ数日、ほんとに寂しかったもんな……。

この一週間、慧史と離れるために独《ひと》りで引っ越し準備をしていた日々を思い出し、健は思わず涙ぐむ。あの引き裂かれるような心の痛みに比べれば、腰の痛みすら愛《いと》おしい。空虚だった胸も、今は彼の愛情で満たされている。

「腰は痛いけど、今週ずっとすれ違ってた分、昨日はたくさん甘えられて嬉しかったな……」

「腰を痛めさせたか。十五年間ずっと抑え込んできた分、昨日は爆発しちまったからな……」

軋《きし》む身体を擦《さす》りながら幸福感を噛みしめていたら、自分の独り言に何かがハモった。首を傾《かし》げて振り返ると、なんだか申し訳なさそうな顔をした慧史がこちらに歩いてくる。

「……どれだ」

「え？　えっと、卵とチーズ」

冷蔵庫の中身を覗き込んだ彼に問われ、きょとんとしたまま健は答える。

「ん。米に載せればいいのか」

寝起き特有の掠《かす》れ声《ごえ》で、慧史は冷蔵庫から目当てのものを取り出す。すでに並べてあるココットを見て、健が食材が少ないときにパパッと作るお手軽料理——調味料を混ぜた米の上に卵とスライスチーズを載せてオーブンにぶち込むだけの卵チーズ飯だと悟ったらしく、彼はさっさと準備を始めた。

「あ、ありがと。兄貴、料理しないのに材料で何を作るかわかるんだな」

家事分担上、食べるのも作るのも好きな健が料理担当、料理の腕は壊滅的《かいめつてき》だが綺麗好きな慧史が掃除や片付け担当ということもあり、慧史は滅多《めった》にキッチンに立たない。それなのに、今日はどうしたんだろう。まるで普段から料理をしているかのような迷いのない手つきの慧史を、健はぽかんと見つめる。

「家に居《い》るときはいつもお前が作るところを見てるし、毎回うまいと思いながら食ってるんだ。材料くらいは頭に入ってるに決まってんだろ。ただ俺が作ると調理過程でなぜかゲル化するだけで」

クールな顔で卵をメシャァと割った慧史は、上からよれよれのチーズを載せて、ココットをオーブンに押し込んだ。一連の動作にはツッコミどころが多々あったような気がするが、健はすべてをスルーして緩む口元を押さえる。

——俺が作るところをいつも見てて、おいしいと思いながら食べてくれてるんだ。

へへ、とだらしなく笑っていたら邪魔だと思われたのか、しっしっと退散させられたけれど。

大人しくソファで待つこと数分。運ばれてきた不格好な卵チーズ飯を彼と並んで食す。普段はダイニングテーブルで向き合って食事をするけれど、今日みたいにソファで肩を寄せ合って食べるのも、カップル感があって浮かれてしまう。

「おいしかったよ。ごちそうさま」

食後に手を合わせた健は、慧史に凭《もた》れかかって甘えてみる。押し返されると思ったがそんな気配はない。衣服越しに互いの体温を感じて、心がくすぐったい。好きな人と寄り添ったまま幸せな時間が流れる。

「夕飯はデリバリーでいいだろ。今日はもうゆっくりしとけ」

満腹感と安心感でうとうとし始めた健の頭を撫《な》でながら、慧史が穏やかな低い声で語りかけてくる。大きな手で頭を引き寄せられて、彼の膝枕の上で髪を梳《す》かれる。今日の慧史は特別優しくて、触れてくる指も心地よい。睡魔《すいま》に襲われつつある健は、つい目をとろんとさせしまう。

「兄貴、俺の躾《しつけ》がなってないよ……そんなに甘やかしたら、駄犬になっちゃうよ……」

半分寝言で呟いたら、頭上でくつくつと笑う気配がした。

「……恋人を大事にしてるだけだ、ばーか」

蕩けそうに甘い声が降ってきて、健は微睡《まどろみ》の中で幸福に酔《よ》いしれた。

＊＊＊

日曜にほとんど何もせず——むしろ慧史《けいし》にかつてないほどちやほやされて過ごしたおかげか、月曜になると腰痛も全快していた。

強《し》いて不満を挙げるとしたら、昨夜は一人寝だったので朝起きたときに少し寂しかったことくらいだ。

寝る前に自室の前まで慧史と一緒に来たというのに、額におやすみのキスをされた健《けん》が喜びに打ち震えているうちに、彼はさっさと自分の部屋に入ってしまった。一緒に寝ようと言いそびれたことが悔《く》やまれる。

とはいえ、以前であれば健がリビングで腹を出して寝ているだけで顔を顰《しか》めた慧史に追い払われていたのだ。そこから比べたら、おやすみのキスまでもらえるようになったのだから文句は言うまい。

「よし、それじゃあ午前の作業は終了。しっかり飯食えよ」

先輩の声に大きく返事をした健は昼休憩になるとコンビニに駆け込み、缶コーヒーとちょっと高価なコンビニスイーツを購入した。コンビニの袋を抱《かか》えてそそくさと来た道を戻り、同じ解体現場に入っていた親友であり同僚でもある俊春《としはる》にそれを献上する。

「ほんと、先週はお騒がせしてごめんなさい」

「今朝も言ったけど、まじで気にしなくていいってば。このやりとり、何度目だよ」

苦笑する俊春を、健は眉《まゆ》を下げて見つめる。

健の引っ越し騒動にあたって、アパートの部屋を二人で住めるように片付けたりと、ルームシェアをする予定だった俊春がそれなりに時間を使ってくれていたのは想像に難《かた》くない。しかもそのせいでクリスマスの予定も入れられなかったのではと思い至ったら、余計に申し訳なくなってしまったのだ。

しょげきった健を見て肩を竦《すく》めた俊春は、出来合いの弁当をかき込んでから遠慮《えんりょ》なくスイーツを口に放り込み、快活に笑った。

「俺は俺で楽しいクリスマスを過ごせたぜ？　引っ越しの予定が空《あ》いて、健は慧史さんと新しい関係を始めたのかーって思ったら俺も何か新しいことをしたくなって、普段絶対入らないような珍しいおしゃれなバーに一人で入ってみたんだよ。そしたら、これまた普段絶対関わらないようなタイプの友達ができてさ。だから、もう謝るのはナシな」

相変わらず寛大《かんだい》かつコミュニケーション能力が並外れている親友の話を聞いて、健はようやく肩の力を抜いた。

「ありがとな、俊春」

「油断するなよ。両想いはゴールじゃなくてスタートだぞ」

「それ、高校のときに見てたドラマの台詞《セリフ》だろ」

「バレたか」

顔を見合わせてぷっと噴き出した二人は、背中を叩き合いながら午後の仕事に取りかかった。


「――ただいま」

健が帰宅して、先に風呂を済ませて夕飯を作り終えた頃、ちょうど慧史が帰ってきた。

「おかえり！」

健は飼い主を出迎える犬のごとく、玄関までダッシュする。この土日はずっとべったりだったので、恋人になってから初めての「ただいま」「おかえり」だ。こんなことではしゃいでいたら呆《あき》れられそうだが、彼が帰ってくるだけで嬉しいのだから仕方ない。

無自覚時代は謎《なぞ》の動悸《どうき》に戸惑ったり、片思いを自覚してからは好意を隠すのに必死になって苦しい思いをしたりもしたが、もうその必要もない。溢《あふ》れんばかりの好意を隠さなくていいのも嬉しい。両想い万歳。健に尻尾がついていたら、ちぎれるくらい振っているだろう。

大好きオーラ全開で出迎える健を見て目元を綻《ほころ》ばせた慧史は、もう一度「ただいま」と言って健の頭を撫でた。その手にぐりぐりと頭を擦《こす》りつけて甘えながら、健は廊下を歩く慧史にまとわりつく。

子犬の散歩と言われていた時代からあまり成長していないような気がしなくもないが、幸せなので深く考えないでおくことにする。

「兄貴、おかえり！　ご飯にする？　お風呂にする？」

「お前」

「ん？　何？」

お前、と呼ばれたのだと思い、見えない尻尾をぶんぶん振って慧史を見つめていたら、彼は「んんっ」と咳払《せきばら》いをして顔を逸《そ》らした。

「あっぷね……腹減ったから先に飯でもいいか」

一瞬挙動不審になった慧史に首を傾げた健だが、すぐに笑顔で頷く。

「うん、俺も腹減ってたんだ。今日はポチがおすすめしてくれた麻婆豆腐《マーボーどうふ》と――」

本日の献立《こんだて》について話しつつ、健は慧史のあとをトコトコついて回る。一緒にリビングに入ると、ローテーブルに鎮座《ちんざ》している白い球体がくるりと向きを変えて、「おかえりなさい慧史、落ち着きなさい健」と音声を発した。

「へへ、やっぱりポチはこうでなくちゃな」

慧史と向かい合って夕飯を咀嚼《そしゃく》しながら、健は球体を眺めて目を細める。

もともと慧史の性格をトレースしたＡＩを育てるにあたり情報収集の役割を担《にな》っていたポチは、二人のすれ違いによって役目を失い、人間と高度なやりとりをするための機能を切られて、ただのＩｏＴと化していた。

復活したのは昨夜で、「ポチには愛着が湧いてたし、兄貴に似たＡＩも壊れたままなのは悲しいな……」と健がしょんぼりと呟いたら、一時間後にはどちらも元戻りになっていた。

慧史をトレースしたＡＩの方は、まだ「余計なことを言いかねない」というよくわからない理由で慧史の部屋で調整中のようだが、ゴミ箱の底で砕《くだ》け散《ち》った悲惨《ひさん》な状態からは救出できたので本当によかった。ポチの仲間なのでタマと名付けたら、慧史に微妙な顔をされたけれど。

「うまかった。じゃ、後はやっとく」

テーブルに並べた食事を完食してくれた慧史は、健の頭をひと撫でして、食器をキッチンへ持って行く。仕事柄《がら》、朝が早い健の家事分担は夕飯の支度《したく》までで、あとは大体いつも慧史の担当だ。

普段であれば、健はそろそろ明日の準備をして寝支度を始めてしまう時間だが——。

「あのさ……今夜、兄貴の部屋、行っちゃダメ？」

皿洗いをする慧史の背中に問いかけたら、ガシャーンと派手な音がした。食器が割れたのかと健は慌てて駆け寄る。幸い、手が滑《すべ》っただけで何も割れてはいないようだ。

「お前、明日も仕事だろ。現場仕事なんだから、腰が——」

「昨夜は別々で寝たらなんか寂しくてさ。昨日の昼間、ずっとくっついてたから癖《くせ》になっちゃったのかな。だけどせっかく両想いになったんだし、片時も離れたくないっていうか……」

「……あ？」

「持ち帰りの仕事とかある？　俺がベッドの片隅で静かに寝てるだけでも迷惑……？」

「……あぁ、そうだ、こいつは駄犬だった……」

　一分一秒でも慧史と一緒に居たくて彼の背中に抱きつくと、上の方から深い溜息が聞こえた。

「別に、今週は余裕あるし構わねえよ。……先週は現実逃避するために狂ったように仕事してたからな」

　後半はよく聞こえなかったが、許可が下りたらしい。健はきらきらと瞳を輝かせる。

「俺はこれから風呂だから、お前は先に寝とけ」

「う、うん……！」

　パァッと喜色を浮かべた健はいそいそと寝支度をして、人間湯たんぽで慧史のベッドを温めるべく、彼の匂いのする布団に潜《もぐ》る。しばらくすると慧史が、いつか見た悟りを開いた僧侶《そうりょ》のような顔で部屋に戻ってきた。

「兄貴、普段は烏《からす》の行水なのに今日は長風呂だったな」

「……うるせえ。明日も早いんだろ。俺も朝起きてから少し作業するし、さっさと寝るぞ」

「えへへ、おやすみ」

　ぴったりと彼にくっついた健は、軽く首を伸ばして頬にちゅっとキスをしてみた。昨夜のおやすみのキスのお返しだ。喜んでくれるだろうか。

――いや、待って、思ったより照れる……！

慧史の反応が気になったけれど、健は結局彼の顔を見ることができず、キャーッと手足をばたつかせて頭まで毛布を被《かぶ》った。自分からキスを仕掛けるのはハードルが高かった。慧史のようにさりげなくやりたかったけれど、じわじわと恥ずかしさが湧き上がってきてしまった。

健は毛布の中でもぞもぞと身体を動かし、落ち着く体勢を探す。彼の胸元に擦り寄ると少し安心する。でもなぜか慧史からグルル……と獣《けもの》の唸《うな》り声《ごえ》のようなものが聞こえた気がする。ついでに机の上のタマから念仏が流れている気もする。タマはまだ調整中と慧史が言っていたし、機能が本調子ではないのだろうか。

「……さすが俺の思考をトレースしたＡＩだ」

頭上で慧史が何か呟くのが聞こえたが、大好きな匂いで満たされた健は、すぐにすやすやと健《すこ》やかな寝息を立て始めた。

＊＊＊

年末に向けて、健《けん》は翌日の仕事も順調にこなした。同じ布団で慧史《けいし》成分を補給したおかげか、いつも以上に捗《はかど》ったように思える。

「先週の捨て犬みたいな状態から一変、すっかり飼い主に恵まれたふかふかの秋田犬《あきたいぬ》って感じだな。まあー毛並みもつやつやになっちゃって」

帰り際に「今日も兄貴と一緒に寝られるかな」などと考えて顔を緩ませていたところを俊春《としはる》に見つかり、にやにやと揶揄《からか》われる。

「そこまで幸せそうにされると、こっちまでいい気分になっちまうわ」

「うぅ、俺、そんなにわかりやすい……？」

「逆にお前がわかりにくかったことなんて一度もないだろ。それより明日の忘年会の店、さっき全員に転送されてたから見とけよ。焼肉食べ放題だぞ」

やったぁ肉だ、と親友と散々はしゃいでから帰宅した健は家事も手早くこなし、自分より一日早く今年最後の仕事を終えて帰ってきた慧史とともに夕食を摂《と》る。

先に食べ終わった健は、慧史の形のいい唇が次々に自分が作ったシチューを吸い込んでいくのをにこにこと眺める。途中で視線に気付いた慧史が呆れたように「見すぎ」と言って、桜井《さくらい》教授から貰《もら》ったという饅頭《まんじゅう》を健の口に突っ込んできた。

「ははっ、面白《おもしろ》い顔になってんぞ」

「むむ……っ」

頬を饅頭でぱんぱんに膨《ふく》らませた健の顔を見て笑う慧史の表情は、ただの義兄弟だったときよりどこか甘い。目尻《めじり》の垂《た》れた笑みを向けられ、胸がきゅんとする。

健は幸せの味がする饅頭を味わいつつ、食事の時間が終わるまで目の前の美しい義兄を懲《こ》りずに見つめた。先週はずっと悲しい一人飯だったので、向かいの席で慧史が咀嚼しているだけで至福の時間なのだ。食後に食器を洗ってくれる彼の背中も愛しい。

——でも何か忘れてるような……。

洗い物を終えて浴室へ向かっていく慧史の背中を見送った数秒後、健は重要なことに気付いて立ち上がった。

「あっ、今日一緒に寝られるか聞いてない！」

自分たちは義兄弟なので、世間一般の付き合いたての恋人たちよりは距離感が近い。とはいえ、迷惑がられるのは本意ではない。慧史は明日から休暇《きゅうか》だが、助教《じょきょう》という仕事上、休日でも夜通し論文と戦っていることがある。ちゃんと事前にお伺《うかが》いを立てなくては。

健はパタパタと廊下を走り、今しがた慧史が入ったばかりの脱衣所の扉を開ける。

「兄貴！　あのさ、今日も——」

勢いよく突入した健は、半裸の慧史が振り向いた瞬間、ざわっと肌が粟立《あわだ》ち呼吸が止まった。

——やばい……っ、なんか急に俺、この身体に抱かれたんだって思い出しちゃった……！

色白で細身だけど程よく筋肉のついた身体が視界に飛び込み、鼓動《こどう》がばくばくと脈打つのを感じる。彼の肌を見たことで生々《なまなま》しい記憶がよみがえってしまったらしい。

根が単純な健は、両想いになれた嬉しさとすれ違い期の寂しさの反動から「兄貴好き好き！とにかくくっついていたい！」という気持ちが先行していたけれど、自分たちは紛《まぎ》れもなく、性的な関係でもあるのだ。

今さらながらそう強く意識してしまい、顔に熱が集まってくる。

「いきなり入って来て一体どうした――あ？」

赤面したまま視線を泳がせる健を見た慧史は目を見開き、「ほぉ」と感心したような声を出したあと、にやりと笑った。後退《あとずさ》る健に、上半身裸の慧史がじりじりと迫《せま》る。

「なんだよ、用があったんじゃねえのか」

「えっと、いや、今夜も一緒に寝たいなって言おうと思ったけど、やっぱり――」

「ふーん。ベッドのお誘いか？」

「ち、違っ……うわあぁっ、その格好で壁ドンしないで！」

嫌味なくらい整った顔貌が、片頬で笑んで鼻先を近付けてくる。意地悪で色っぽい表情は恋人になってから初めて知った彼の一面で、そんなところも大好きだが、残念ながら健の恋愛キャパシティはそんなに大きくない。もう、本当に、いっぱいいっぱいだ。

「それとも、お前も一緒に入るか？」

「ひぇ」

低い声で囁かれて、健はついに両手で自分の顔を覆《おお》ってヒイヒイ身悶《みもだ》える。

「あの、あの、俺……っ」

顔を真っ赤にして狼狽《うろた》えつつも、腹の奥には欲望の火が灯《とも》り、腰がずくんと疼《うず》く。照れとときめきで心臓は壊れそうだし呼吸もままならないというのに、愛されることを知った身体は目の前の男を欲してしまう。

「兄貴……っ」

涙目で慧史を見上げた健が潤《うる》んだ視線で訴《うった》えかけようとしたところで、慧史は呆気《あっけ》なく身体を離した。頭をぽんぽんと叩かれて健が顔を上げると、苦笑した慧史と目が合う。

「……なんてな。お前は明日まで仕事だったな。布団に入ってていいから、先に寝とけ」

「え……う、うん……」

どぎまぎしながらなんとか頷き、健は脱衣所を出る。前屈《まえかが》みのまま廊下を数歩進んだものの、淫《みだ》らな熱は冷める気配がない。情欲スイッチが入ってしまったのか、うっすらと聞こえるシャワーの音にすら想像を逞《たくま》しくしてしまい、ずるずると廊下に座り込む。

——兄貴はもう明日休みだし……して、くれない、かな……。

悶々《もんもん》としながらも健はなんとか慧史の部屋へ向かい、彼の匂いのする布団に包《くる》まった。油断したら勃《た》ってしまいそうで、布団の中で丸くなって愛しい彼を待ちわびる。

「兄貴……！」

「あ？　まだ起きてたのか」

風呂上がりの慧史が部屋に入ってくると、健は身を起こして彼を見つめる。

「……」

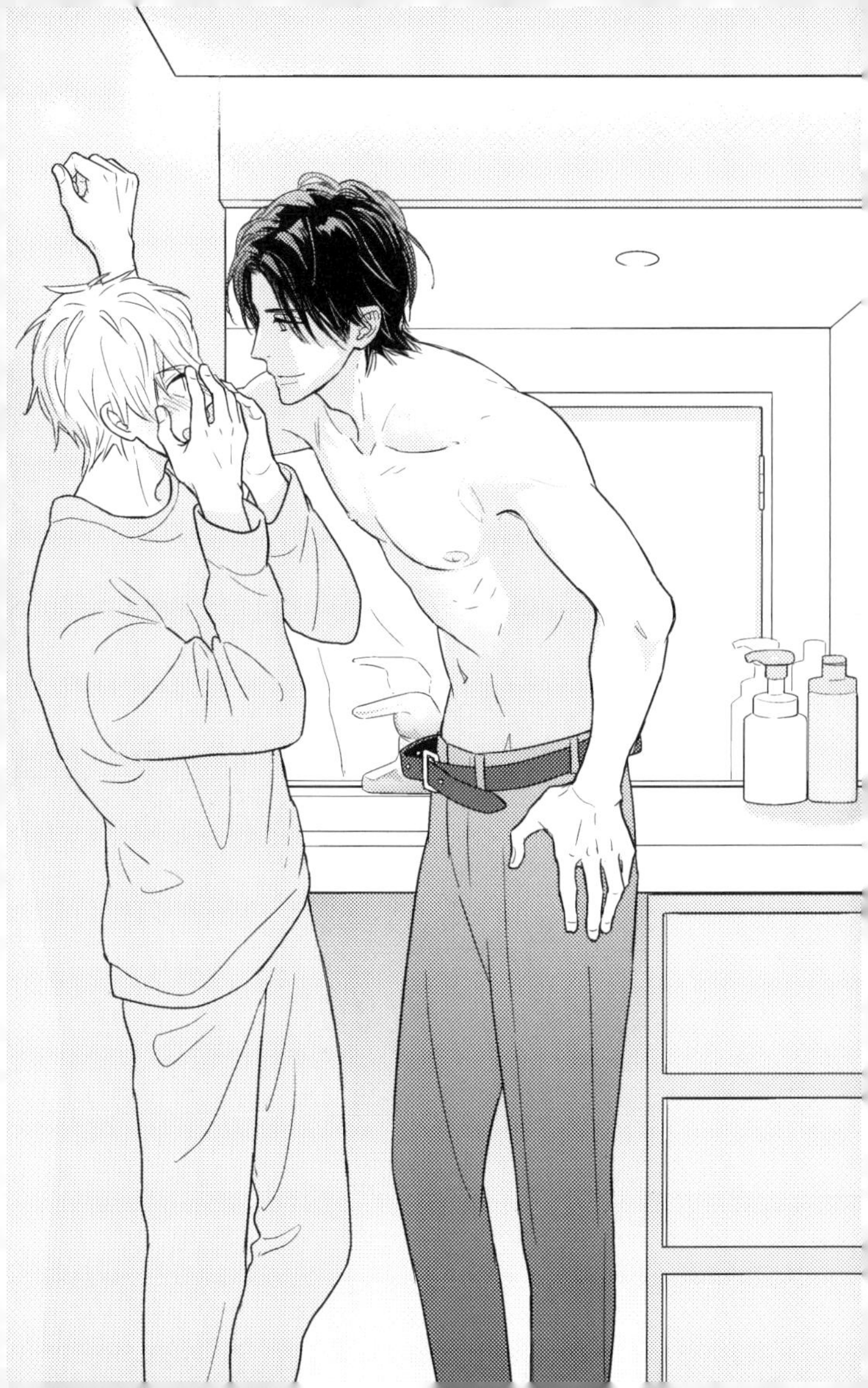

「……」

瞬《まばた》きもせずに念を送ってみたけれど、無言のおねだりは届かなかったらしい。一瞬だけ視線を揺らした慧史はすぐに阿弥陀如来《あみだにょらい》のような顔つきになり、何も見ていないかのように部屋の電気を素早く消した。

——うぅ、どうやって誘えばいいんだろう。恋愛経験がなさすぎてわからない……。

健がぐずぐずしているうちに彼はベッドに入り、さっさと目を閉じてしまった。悩んだ末に慧史の胸元に擦り寄ってみたが、片目だけ開けた彼は「明日も朝早いんだろ」と健の背中をぽんぽんと撫でて寝かしつけようとしてくる。

——俺なんて脱衣所で壁ドンされただけでこんなにドキドキムラムラしてるのに、兄貴は平気そうだな……これが大人の余裕ってやつか。

健はぐぬぬと唇を噛み締めてから、小さく溜息を吐く。今夜は諦《あきら》めた方がよさそうだ。慣れない性欲を持て余しているものの、あまりねだっても呆れられるだけだ。せっかく恋人になれたのに、盛りの付いたガキみたいだと幻滅されたくはない。

相変わらず部屋の片隅で念仏を唱《とな》えるタマの音声と慧史の唸り声をＢＧＭに、健はもぞもぞと膝を擦り合わせた。

＊＊＊

「じゃあ、今年最後の仕事に行ってきます！」

翌朝玄関まで見送りにきた慧史《けいし》に、健《けん》は元気よく挨拶《あいさつ》をした。昨夜は寝つきがいまいちだったけれど、今日出勤すれば三が日までは正月休みなので自然と気持ちも弾《はず》む。

「あー、お前も明日は休みだな」

「うん、っていうか、明日は二人で実家に帰省する予定じゃん」

「そうだな。……で、今日は何時に帰るんだ？」

何やらそわそわしながら「明日の帰省は車移動だから足腰使わないよな……」などと呟いている慧史を見て、健はハッと青くなった。

「あっ、今日は会社の忘年会で遅くなるんだった！」

「は……？」

「兄貴、ほんとごめん。昨日俊春《としはる》と肉の話題で盛り上がって満足しちゃって、言うの忘れてた」

パンッと顔の前で両手を合わせて伝達漏れを詫《わ》びると、慧史は真っ白になって数秒間停止したあと、穴を開けられた風船のようにしゅるしゅると萎《しお》れてしまった。

「しかも夕飯もこのあいだのカレーを冷凍したやつしかないかも……。足りなかったら出来合いを買って補ってもらう感じでもいい？」

「夕飯……？　あぁ、いや、俺の夕飯は気にしなくていい。楽しんで来いよ」

眉を下げて上目に窺《うかが》う健の頭を撫でる慧史に怒った様子はない。普段通りの、不愛想だけど優しい表情だ。

――さっき一瞬ものすごい顔してた気がするけど、寝起きだから調子悪かったのかな。

わずかに首を傾げた健だが、慧史の「遅刻すんぞ」という声で我に返り、勢いよく玄関を飛び出した。


「それでは今年一年、お疲れ様でした。来年もこの調子でよろしくお願いします！　乾杯！」

その日の夕方、いつもより巻きで現場仕事を終わらせて駆けつけた焼き肉屋に、社長の乾杯の音頭《おんど》が響いた。年末の解放感も手伝って、場の空気は序盤《じょばん》からかなり盛り上がっている。

普段は厳《いか》めしい顔をしたザ・職人タイプの先輩や強面《こわもて》スキンヘッドの先輩も今夜はご機嫌だ。無礼講とばかりに健たち若手に酒を注いで回ったり、反抗期の娘の変貌《へんぼう》に咽《むせ》び泣《な》く親方の愚痴《ぐち》を聞いたりしている。

「ほら、飲め飲め。お前、最近コレできたんだろ」

突然スキンヘッドの先輩が健の隣に腰を下ろし、小指を立てて笑いかけてきた。凶悪な顔面にそぐわぬ恋バナを振られ、健は顔を赤らめる。

「な、なんでわかるんっすか」

「あれだけ一人でニヤニヤデレデレしてたら見知らぬ通行人にも『あらあら恋愛が成就《じょうじゅ》して幸せの絶頂なのね』ってわかると思うぞ」

ツッコミを入れる先輩の後ろで焼き肉奉行《ぶぎょう》をしている俊春に視線をやったら、ぐっと親指を立てられた。なんのサムズアップだ。

「どんな相手なんだよ。同い年？」

「えっと、年上……」

「あぁ、なんかわかる。健って母性本能くすぐるっていうか、面倒見てやりたくなるタイプだもんなぁ」

「なんだよ、お前ら楽しそうじゃねえか」

何やら納得した様子の先輩と赤くなってわたわたする健を見て、他のメンバーも興味津々《しんしん》の瞳でにじり寄ってくる。見た目は厳《いか》ついけれど性格は気さくな彼らは、早くも弟もしくは息子の実りたての初恋を応援する態勢に入っている。

「こいつ年上彼女とお付き合いを始めて、全身からラブラブなオーラが出てるんすよ」

「出てる出てる。今月たまに暗い顔してたからこっちは心配したってのに、気付いたら幸せ満開のほくほく顔してやがって」

こいつめ、と四方八方から太い指で頬や肩を突かれる。先輩たちがひそかに気にかけてくれていたことはありがたいが、いろいろとモロバレだったことは結構恥ずかしい。健は小さくなって、照れを紛らわすようにビールを流し込む。

「で、どうよ。順風満帆《まんぱん》か？　悩みとかあったら相談しろよ。俺は三回離婚してるし、あいつは三股《さんまた》されてるけど、他にもたくさん人生の先輩がいるし、誰か一人くらいは役に立つアドバイスできると思うぜ」

説得力があるのかないのかわからないが、周りの男たちはみんな頼もしげに胸を張っている。初めて浮いた話が出た健の役に立つぜ俺は、と言わんばかりの彼らの顔は、息子の運動会の保護者リレーで張り切るお父さんを彷彿《ほうふつ》とさせる。

お節介で優しい人生の先輩たちに囲まれ、ついでに先程から照れ隠しに飲んでいたアルコールが回ってきたこともあり、気付けば健の口も軽くなっていた。

「そうっすね——悩みってほどではないけど、やっぱり相手は年上だから余裕が違うっていうか、俺ばっかドキドキしてる気がして……」

「お前、見た目はイケメンの部類なのに擦れてないっていうか、今どき女の子にもいないレベルの純朴《じゅんぼく》さだもんな……」

正直半分くらいは恋人が大人っぽくてかっこよすぎて困るという惚気《のろけ》だが、昨夜のように自分だけがいっぱいいっぱいなのは若干《じゃっかん》悩ましくもある。

「いちいちときめいちゃって大変なんですよ。ほんとこっちの身にもなってほしい。不意打ちで色っぽい顔されたら、もう鼻血を堪《こら》えるのがやっとだし……そんなんだから俺、エッチの誘い方すらわからないんっすよね……。誘いたかったのに寝かしつけられたりしてるし……そのうち呆れられちゃったらどうしようぅぅ」

かろうじて相手の詳細《しょうさい》はぼかしたものの、酒の力も手伝って怒濤《どとう》の勢いで語り終えると、健はビールジョッキを置いてテーブルに突っ伏した。そんな様子を面白そうに見つめた先輩一同は、雨で散歩に行けなかった犬を励《はげ》ますように、頭や背中を猛烈にわしわしと撫でてくれる。

「なんだよお前、可愛《かわい》いなー。年上彼女も、そんな健が可愛くて仕方ないんじゃねえの」

「でも健だって男だぞ。男たるもの夜のお誘いくらいはできねえと」

「んなもん、じっと見つめてエロいキスでも一発かませば十分だろ」

口々にアドバイスをくれる先輩たちの声を聞きながら、健はとりあえず「じっと見つめてエロいキス」とアルコールの滲《し》みた脳内にメモをする。

「それに相手も年上だからって、見た目ほど余裕があるとは限らないぜ」

スキンヘッドの先輩の言葉に、ベテラン親方たちも腕を組んでうんうんと頷く。

「二十年以上やってる仕事ですら、現場によっては結構悩んだりするんだ。ただ、親方の俺がおろおろしてたら若いやつらが不安になるから、俺は俺の役割を演じてるってだけでな。歳をとるとそういうのを隠すのが上手《うま》くはなるが、別に万事楽勝ってわけじゃねえよ。しかも仕事ならある程度手順が決まってるけど、付き合いたてのカップルなんてほぼ全部手探りなわけだろ。相手も案外、内心ではいろんなことに一喜一憂してるんじゃねえか？」

「そうそう、それに恋愛は年功序列じゃねえ。恋人ってのは基本的に年齢や性別に関わらず対等なもんだろ？　いや、むしろ気付いたときには女房の尻の下にいたりするわけで……」

そこからは既婚者の親方たちの哀愁漂《あいしゅうただよ》うカカア天下エピソードに話が移ってしまったが、年長者の意見は思いのほか為《ため》になったし、少し安心できた。忘年会が終わり、自宅の最寄りまで俊春と千鳥足でよろよろ歩いた健は、親友と別れてご機嫌な赤ら顔で玄関を開ける。

「お前、結構飲んできたな。風呂は……明日の朝でいいか。もう布団入っちまえ」

出迎えてくれた慧史に支えられながら、なんとか健は自分の部屋にたどり着いた。上着だけひっぺがされてベッドにころんと転がされる。いい感じに眠気がきている。

「むにゃ……」

「ったく、明日は昼過ぎに家を出るからな」

目を閉じかけていた健だが、慧史の言葉にハッとして身を起こした。自分たちは明日から、年明け二日の夕方までは実家で過ごすのだ。

――ということは、直近でエッチするなら今夜しかなくない……⁉

アルコールのせいでいつも以上に思考回路が単純になった健は、脳内メモを引っ張り出す。じっと見つめてエロいキス、じっと見つめてエロいキス、と先輩のアドバイスを呪文のようにぼそぼそ唱えていたら、慧史が訝しげに顔を寄せてくる。

「今、何か言ったか――」

至近距離で慧史を一生懸命見つめると、彼は目を見開いたまま硬直した。ちょうど間近に来た形のいい薄い唇に、ちゅっと吸い付いてみる。エロいキスって難しいなと考えつつ、ぺろぺろと舐《な》めたりはむはむと食《は》んだりと、大好きな唇を味わう。

「ねえ、兄貴、しよ……?」

慧史の首に腕を回して引き寄せ、ベッドに乗り上げた彼の腿《もも》に自分の下腹を密着させる。脚を絡ませて腰を揺すると、布越しの刺激でみるみるうちに自身が兆《きざ》していく。

「ん……、触って……?」

アルコールのせいで潤んだ瞳に、じわりと涙が滲《にじ》む。ズボンの中で形を変え始めた屹立《きつりつ》を、大きな手で可愛がってほしい。硬くなったそこを彼に擦りつけるたびに、健の唇から吐息混じりの喘《あえ》ぎが漏れる。

「……っ、お前、どこでそんなの覚えてきたんだ……!」

「んんっ……」

瞬間、健はベッドに押し倒された。口内を慧史の舌で激しく蹂躙《じゅうりん》され、飲み込みきれない唾液《だえき》が健の口端から溢れる。

「ん、もっと」

パーカーの裾《すそ》から低体温な手が入ってきたので、健は自ら服をたくし上げて腹と胸を惜しげなく晒《さら》した。興奮で息が上がり、胸が上下する。二つの突起は触れられてもいないのに色づき、愛《め》でられるのを期待して凝《こご》っている。

「ここ、何もしてないのにこんなになってんのか」

今までの人生で自分の胸なんて意識することがなかったのに、結ばれた土曜の夜に一晩中愛でられたせいで、健は早くもそこが気持ちいいところだと覚え込まされてしまった。

「だって、兄貴に触ってほしくて……あんっ」

胸の飾りを指先で虐《いじ》められ、健は嬌声《きょうせい》を上げた。突起をかりかりと引っかかれ、びくんと腰が跳ねる。身体中に一気に熱が回り、同時にアルコールも猛烈な勢いで全身に巡《めぐ》っていく。意識が、朦朧《もうろう》としてくる。

「兄貴——」

「なんだよ。どうしてほしい?」

「抱いて、ほしい」

健の下腹をズボン越しに撫でる慧史の瞳は獰猛《どうもう》な光を宿している。知的な彼の雄全開の表情に、胸がときめく。

「兄貴も、俺としたい……?」

「こんなふうに誘惑されて、したくならないわけねえだろ……っ」

再度嚙みつくようなキスをしたあと、慧史は身体を離してもどかしそうに服を脱ぎ始める。

それを薄目で見ながら、健は顔を綻ばせる。

「そっか、よかったぁ……俺、ちゃんと上手《じょうず》にお誘いできた……むふふ……」

視界に霞《かすみ》がかかり、パジャマの上を床に荒々しく投げ捨てる慧史の姿が徐々にぼやけていく。

「おい健、嘘だろ、この状況で」

兄貴、大好き……という声は健やかな寝息に代わり、夢と現実の狭間で「駄犬――っ」という絶叫が聞こえた気がした。

＊＊＊

「うぅ、ごめんな兄貴。昨日、記憶が曖昧《あいまい》なんだけど……なんか俺、兄貴を誘おうとして途中で寝ちゃったみたい」

翌日、慧史《けいし》の運転するレンタカーで地元に向かう車内で、健《けん》はしんなりと萎れていた。

酔っていたので断片的にしか覚えていないが、自分が頑張ってエロいキスをしようと試みたことと、慧史が誘いに乗ってくれて安堵《あんど》したことだけは、かろうじて記憶に残っている。

恥ずかしいやら情けないやらで、ベージュのダッフルコートの袖《そで》をいじいじしながらしょぼんと項垂《うなだ》れる。

「あぁ、もう、俺かっこ悪い……」

「通常運転だろ」

「どういう意味だよ！　でもほんと、なんであそこで睡魔《すいま》に負けちゃったんだ……せっかく兄貴もエッチしたいって思ってくれたのに」

「いい、気にするな」

「俺だって兄貴とエッチしたかったんだよ。ただアルコールのせいで――」

「怒ってねえから気にするなって言ってんだろ。それより二人きりの車内でエッチエッチ連呼すんじゃねえ。あんまキャンキャン鳴くと口輪付けるぞ」

信号待ち中に何かを振り払うように頭を振る慧史に、昼間からはしたなかったかと健は口を噤《つぐ》んだ。兄貴がエッチって言うとなんか興奮するな、と思ったが、口に出したら怒られそうなので窓の外を眺めて気を紛らわせる。

ちらりと運転席に目を向けると、ハンドルを握る慧史の手が視界に入る。義兄兼恋人は今日もかっこいい。自分も免許は持っているし運転もできるけれど、決定的に何かが違う。健のように陽気に鼻歌を歌うでもなく、どこか愁《うれ》いすら感じさせる運転中の彼の横顔は、ずっと見つめていると心拍数が上がって身体に悪い気がする。

美しい恋人の運転姿と窓に流れる景色を交互に見送っているうちに、二人を乗せた車は実家に到着した。

庭に駐車《ちゅうしゃ》して玄関に入ると義父の隆史《たかし》が玄関から出てきた。慧史を柔和《にゅうわ》にして歳をとらせた感じの容貌《ようぼう》は相変わらずのナイスミドルでダークグレーのシャツにチノパンを合わせた休日スタイルも洗練されて見える。

「おかえり。お出迎えが僕だけでごめんね、蘭《らん》ちゃんは少し体調が悪くてソファで休んでるんだ」

「えっ、母ちゃんが!? 大丈夫なの?」

健の母である蘭は、健同様に元気が取り柄《とりえ》なタイプなので体調を崩すのは珍しい。健が心配で顔を曇らせると、義父は安心させるように優しく微笑《ほほえ》む。

「病気じゃないし大丈夫だよ。ただ、夕飯の買い物がまだなんだ。僕はこれから買い出しに行ってくるから、二人は部屋でゆっくりしていてくれるかい?」

少し眉を下げた義父が外出用の上着を取りに戻ろうとするのを、慧史が引き止める。

「だったら買い出しは俺と健で行ってくる。父さんは義母《かあ》さんについてろよ。心配で一秒たりとも目を離したくないんだろ」

「そうだよ。兄貴、せっかくだし地元を散歩がてら徒歩で行こうよ」

「慧史、健、ありがとう」

穏やかに礼を述べた隆史は、荷物だけ各自の部屋に置いて再び玄関へ向かう慧史たちを見送りながら、なぜか突然小さく笑った。二人して「どうしたんだ」と振り向くと、愛情満点な眼差《まなざ》しがこちらを見ている。

「……いや、昔、慧史が一度だけ学校をサボったときのことを思い出してね。健がひどい熱を出して、慧史は一晩中付きっきりで健を看病《かんびょう》してたんだけど、朝になっても熱が引かなくて。登校の時間ぎりぎりまで健の寝顔を見てた慧史が、こっちの胸が痛くなるような絶望顔で鞄《かばん》持って玄関に向かおうとしてるのを見たときには、僕も思わず『もう今日は休んじゃいなよ、心配で一秒たりとも目を離したくないんだろ』って言っちゃったよ」

同じ台詞を言われるとはなぁ、と笑う義父に、健は顔を赤くして驚く。

寝込んだこと自体人生で数回しかないとはいえ、慧史が看病していてくれたのに全然覚えていないなんてもったいない。でもすごく嬉しい。感激の瞳できらきらと慧史を見つめたら、フンっと鼻を鳴らされた。

「そんなことあったか？　いちいち覚えてねえよ。健、行くぞ。……くそ、ドアが開かねえ」

素《そ》っ気《け》なく言い放った慧史は、外側に押し開ける玄関扉を、なぜか力いっぱい内側に引いていた。

「母ちゃん、大丈夫かな」

玄関を出てすぐ健が呟くと、慧史は落ち着いた様子でこちらを向いた。

「あの父さんが大丈夫って言ってるんだから大丈夫なんだろ。年末で疲れが出たか、女性特有の症状か——」

たしかに義父は母にべた惚《ぼ》れで過保護な上に本物の医者なので、病気ならばあんなに悠長にしていないだろう。

それに先程部屋に荷物を置きに行くとき、リビングのソファに横たわった母が扉の隙間から「おかえりぃ」と言ってくれたが、少し顔色が悪くはあるものの何かを患っているようには感じなかった。母は健と同じくらい嘘を吐《つ》くのが下手《へた》なので、もし大病を隠していたらさすがに慧史が気付くはずだ。

「あ、でもアレについてはタイミングを改めた方がいいかな」

行きの車の中で、今回の里帰り中に自分たちの関係を両親に伝えようと話し合ったのだが、体調不良の母の負担になるようなら別の機会にすべきかもしれない。健が軽く表情を引き締めると、慧史は顎に手を当てて頷いた。

「そこは義母さんの調子を見て判断しよう。まあ、俺もいるんだから心配するな。お前は夕飯を何にするかとか、正月は雑煮とあんころ餅《もち》どっちにするかとか、そういうことをいつも通りのほほーんと考えとけ」

くしゃっと髪を撫でられて、健はようやく肩の力を抜く。相変わらず口が悪い彼だけど、健を見つめる瞳は優しい。冷静な慧史がいてくれるだけで心強いし、昔から健が不安がると頭を撫でてくれる大きな手も大好きだ。

へへ、と頬を緩ませて健は慧史にくっつき、子犬の散歩と言われていた時代を思い出しながら、少し懐かしい道を進む。あの頃よりは歩幅《ほはば》の差はなくなったが、慧史の方が長身で脚も長いので、結局健のお散歩感は抜けない。

「あ、昔ここに咲いてるつつじ食べようとして兄貴に怒られたなぁ」

「通学路の桜も食おうとしてたし、山田《やまだ》さん家の玄関の玉砂利《たまじゃり》も食おうとしてたし、公園のどんぐりは若干食ってたよな。お前の底なしのチャレンジ精神に、俺は中一のときにはすでに胃に穴が開きかけてたぞ」

「ごめんって。兄貴はいつも俺にいろんなことを教えてくれるから、俺は兄貴が知らないようなおいしいものを見つけて教えようと思ってたんだよ」

一歩進むたびに慧史の顔を見上げて全力でお散歩楽しいオーラを出していたら、向こうから歩いてきた近所の主婦の加藤《かとう》さんと飼い犬のショコラに「お変わりなくて何よりです」という顔で微笑まれた。ヒト科として複雑な気持ちで一人と一匹に会釈《えしゃく》をすると、慧史に「グッボーイ」と言われてとどめを刺された。

「――あ、ここ……」

信号の手前まで来たとき、健は思わず足を止めた。車道のアスファルト、錆《さ》びたガードレール、少し遠くに電信柱が立っていて、反対側には一軒家の塀《へい》が見える。

ありふれた町の景色だが、かつてこの付近で慧史は居眠り運転の車から健を庇《かば》って怪我をした。いまだにここを通るとぞっとするし、二度とあんな思いはごめんだけれど、慧史の愛を知った今、当時のことを振り返って少し感慨深くもなる。

——あの日、病院で大泣きした俺の言葉を受けて、「死なない自分」を作るためにロボット工学の道に直進しちゃったんだもんな……。

健としては慧史本人でなくては意味がないので、自分の性格をトレースしたAIを作るという慧史の目標は肝心《かんじん》な部分でズレていたわけだが、その分野で成果を出して大学の助教をしているのだから、彼の努力や行動力は計り知れない。

「そういえば、ポチはうちのリビングで活躍中だけど、タマはどうするの？」

一度壊れる前に会話したときは、慧史とほとんど同等の思考や口調をマスターしているように感じられた。おそらくポチ以上の機能を持っているであろうタマを、慧史の部屋に閉じ込めておくのは些かもったいない。

「あれだけ高度な会話ができるんだから、もっと有効活用してやった方がいいんじゃ——あ、でもなんか念仏ばっかり唱えてるし、まだ本調子じゃないのかな」

「……あれはこれ以上ないほど的確な反応だが」

そんなやりとりをしていると、不意に背後から「御園《みその》？」と呼びかけられた。二人同時に反応したものの、あぁ、と声を出したのは慧史だった。健よりはいくつか年上の——慧史の同級生と思《おぼ》しき男女が五人、手を振りながら歩いてくる。

「久々だなぁ。御園、今何してるんだ？」

「大学の助教だ。田村《たむら》お前、この話会うたびにしてないか？」

「そうだっけ？　俺の頭のメモリ８ビットだからなー」

周りで「御園って帝都大《ていとだい》に行ったたってやつか」「田村くん、御園くんと仲良かったの？」と言っている面々のことはよく知らないが、田村と呼ばれた男性は健も何度か会ったことがある。彼は慧史にとって、それなりに気心の知れた友人のはずだ。

健が会釈したら「健くん大きくなったねぇ」と感じのよい笑顔が返ってきた。

「俺たち明後日《あさって》みんなで初詣《はつもうで》に行くんだけど、御園はどうする？」

「一緒しようよ！　むしろ御園くんの話聞きたいし、今からご飯でも食べに行こうよ」

大人しく彼らを見守っていた健だが、田村の誘いと、後ろから援護射撃してきた女性の言葉に、咄嗟《とっさ》に慧史の服の裾を摑んだ。健自身、摑んでからハッとした。深い意図があったわけではなく、慧史の人付き合いを妨害《ぼうがい》する気もない。ただ少しだけ、独占欲がうっかり顔を覗かせてしまったのだ。

子どもじゃあるまいし、と健は彼の服を慌てて離す。幸い周りは特に気付いていなかったが、何かを悟ったらしい慧史は小さく笑って首を横に振った。

「悪いな。これから夕飯の買い出しだし、正月は家族と初詣に行く予定なんだ」

「あ、そりゃそっか。俺は帰省すると地元を遊び歩く派だからつい誘っちゃったけど、御園は家族と過ごす派だもんな」

ええーと食い下がろうとする女性二人を、田村は飄々《ひょうひょう》と「田村くんで我慢してね」といなしている。

人懐こいけどしつこくなくて気も遣《つか》える田村は、クール路線の慧史とは違うタイプだが、ちゃんと自立した大人だ。そもそも慧史と友人関係を築いているような人が、強引に彼を引っ張っていってしまうなんてことは、よく考えたらないに決まっている。周りの面々だって当然波風を立てることもなく、残念そうにしていた女性たちも無理だと悟ったらすぐに切り替え、何事もなかったように笑っている。

「御園、じゃあまたな」

「あぁ、次に会うときは俺の職業も覚えておいてくれ」

——この中で動揺してたのって俺だけじゃん……！

健が自分の幼稚さに頭を抱えているうちに、慧史は友人たちと別れてさっさと歩き出した。広い背中を追いかけながら、健はしょんぼりと項垂れる。

「ごめん、兄貴……さっき一瞬妬《や》いちゃった。でも友達と過ごしてほしくないとかじゃなくて、本能的に服を摑んじゃったっていうか、兄貴に触って安心したくなったっていうか……」

「あ？　もともと休暇中は他所《よそ》に行く気はなかったし、初詣だって父さんたちと行く約束だっただろ。お前の行動とか関係なく普通に断るつもりだったわ。何しょげてんだ」

「……呆れてない？」

昔から自他ともに認めるブラコンなので、甘ったれな義弟なのは今さらだが、恋人としての余裕のなさまで無駄に露見《ろけん》してしまった気がする。

昨夜はエッチ未遂《みすい》で爆睡という痛恨のミスまでしているし、目の前にいる大人な彼と空回る自分の不釣り合いっぷりが日ごとに増しているのでは——と、健がおずおず見上げた先には、予想に反して優しく目を細めた彼がいた。

「ばーか、そんなの可愛いだけだ」

少し屈《かが》んで健の前髪を梳くように撫でる恋人がかっこよすぎて、健は真っ赤になって硬直《こうちょく》した。思わず鼻に手をやって、鼻血が出ていないか確認する。大丈夫だ。でも危ないところだった。多分あと一押しで噴射する。

両想いになって以降、顰め面が減った慧史は、代わりに大人っぽさと甘さが増し増しな言動を不意打ちで食らわせてくる。ひたすらかっこいい彼に、健は身悶えることしかできない。

「おい、どっち向いてるんだ迷い犬。スーパーはこっちだぞ」

ときめきすぎて何度も呼吸に失敗しながらスーパーに入った健は、なんとか気を取り直してオードブルと付け合わせのおかず用の材料をカートに入れた。

「あれ？　今なんか、ポツッと来なかった？」

慧史と半分ずつ荷物を抱えて歩いていた健が鼻先に水滴を感じたのは、あと数分で実家というところでのことだった。

健の一言を皮切りに、次々と空から降ってくる。想定外のにわか雨だ。冬の雨はさすがに勘弁してほしい。二人とも小走りで玄関に駆けこんだが、コートの肩はびしょ濡れで、互いの髪からは冷たい雫《しずく》が滴《したた》っている。

「わぁ、降られちゃったか。迎えに行こうと思ったけど間に合わなかった」

健たちがドアを開けたとき、ちょうど傘《かさ》を三本持って靴《くつ》を履《は》いていた義父は、申し訳なさそうに眉を下げた。荷物を受けとりながら、慧史に似た顔で「ごめんね、寒いよね」とおろおろする姿はなんだか面白い。

「風邪を引いたら大変だ。ちょうどさっきお風呂の準備をしたところだから、二人で温まってきなさい。蘭ちゃんは今寝てるから、ゆっくり入って来ていいよ」

突然爆弾を落とした義父に、健は思わず噎《む》せそうになる。

昔だったら「にいちゃんとお風呂だぁ」と素直に喜べたが、今は身体の関係もある恋人同士なのでいろいろとまずい。ただでさえさっき死ぬほどときめいたところで、健のメンタルはすでにイエローカードなのだ。大人な慧史はともかく、余裕のない自分はとてもじゃないが平常心を保てそうにない。

「……健、お前が先に入れ」

健が狼狽えていると、慧史が見たこともないような親切そうな笑顔で浴室を指した。別々で入る展開は健も賛成だ。しかし、彼の提案にはどうしても頷けない。

「いや、兄貴が先に入りなよ。俺、身体だけは丈夫だし」

首を横に振って言い返したら、慧史は「ああ?」と凄《すご》んできた。美形が凄むと相変わらず怖い。じりじりと浴室に追い詰められ、健は尻尾を丸めそうになりながらも、慧史の健康のために必死に抗《あらが》う。

「……まったく、二人して何をしてるんだ」

義兄弟が膠着《こうちゃく》状態に陥《おちい》ったところで、呆れ顔の義父が二人をぐいぐいと脱衣所に押し込んだ。

「どっちかが風邪を引いたら、もう片方が死にそうな顔になるのは明白なんだから、一緒に入ればいいじゃないか」

自明の理だと言わんばかりの声で言われて、ぽかんとしているうちに目の前のドアが閉まった。

「え、と、義父《とう》ちゃん……っ」

脱衣所の扉に縋《すが》る健の後ろで、大きな溜息が聞こえた。健が振り向くと、慧史がのろのろと服を脱ぎ始めている。

「……さっさと済ませるぞ」

「え……う、うん」

なぜか戦地に赴《おもむ》くかのような表情で浴室に向かう慧史の気迫に、健もつられて神妙に頷く。

——風呂には苦い思い出があるから気を付けなくちゃ……！

あれはまだ健が慧史への恋心を自覚する前——手首を捻挫《ねんざ》した健のために慧史がシャンプーしてくれたときに、不用意に勃起《ぼっき》してしまったことがあった。あのときは本当に気まずかったし恥ずかしかった。

同じ轍《てつ》を踏まないためにも今回は可及的速《かきゅうてきすみ》やかに身体を洗い、温かい湯船にさっさと浸《つ》かってリラックスしてしまおう。

「行くぞ、健」「おう！」と謎の気合いを入れて浴室の扉を開け、御園家の広い洗い場で、二人は並んで立ったまま身体を洗う。

黙々とボディスポンジで全身を擦る健の視界の隅で、不意に慧史が濡《ぬ》れた髪をかき上げた。長めの前髪を後ろに流したことで整った顔立ちが惜しげなく晒され、健はつい見惚《みと》れる。

——十五年間見ててもまったく飽《あ》きないかっこよさだな……。ただでさえ自慢の兄貴だったのに、今は恋人でもあるなんて、俺って幸せすぎるのでは……？

脳内でのろける健の視線の先で、慧史の美しい顔の輪郭《りんかく》に沿ってシャワーのお湯が滴っていく。滑り落ちる雫を、健はなんとなく目で追う。男らしい喉仏。綺麗な鎖骨《さこつ》。あれ、なんかまずい予感がする。息を止めて見入っている自分に気付いたときには手遅れだ。引き締まった胸や腹、そしてその下までじっくり眺めてしまった。

好きな相手の裸体は、恋愛経験のない二十歳の男を簡単に欲情させる。両想いになった夜の濃厚なひとときい以降、彼に抱かれていないので尚更だ。

——うわぁ、俺、欲求不満だ……！

誘い方がわからなかったり寝落ちしたりと、自業自得な原因によって焦《じ》らされた身体は、健の意志とは関係なく身勝手に燻《くすぶ》っていく。彼の腕にかき抱かれて、何度も激しく腰を打ちつけられた記憶が生々しく脳裏に浮かぶ。

「あ、兄貴」

思わず彼の身体に手を伸ばしかけ、健は慌てて手を引っ込める。ここは実家の風呂だ。こんなことを考えてはいけない。しかし正気に戻ったところで、熱が集中し元気に上を向いてしまっているそれは誤魔化しようがないわけで。

「なんだ、シャワーか——」

「……勃っちゃった」

ついさっき、付き合う前にも風呂でやらかしているから気を付けなければと思ったところなのに。また同じ過《あやま》ちを繰り返してしまった。これでは風呂に入るたびに勃起する習性のある変態だと思われてしまう。

言葉の途中で絶句した慧史を、健は羞恥《しゅうち》で潤んだ瞳で見つめることしかできない。何か言わねばと頭をフル回転させたものの、口から零れたのは「どうしよう……」という半べその声だけだった。

慧史が健の下半身からゆっくりと視線を上げる。以前は美形台無しの般若顔《はんにゃがお》をしていた彼だが、今回は幸いなことに引いた様子も怒った様子もない。ただその瞳には獰猛な色が見え隠れしており、健は視線を逸らせなくなる。

「……どうにかして、いいのか」

「え──」

どういう意味かと尋《たず》ねる間もなく、後頭部を大きな手で摑まれ、半《なか》ば乱暴に口付けられた。浴室の壁に背中を押し付けられ、舌で歯列をなぞられる。背中から尾骨にかけて、背徳的な痺《しび》れがぞくぞくと走る。

「ん、兄貴、やばい……っ」

これ以上刺激されたら収拾がつかなくなる。身を捩《よじ》ろうとしたところで、健の下腹に硬くて熱いものが押し当てられた。おそるおそる視線を落とすと、慧史の剛直が健のものに密着している。どくんと脈打つそれから逃げようとする健の腰を左腕で引き寄せた慧史は、右手で二人分の雄をまとめて握り込んだ。

「ほら、俺に摑まっとけ」

「あっ、だ、だめだって……っ」

慧史に促《うなが》されて、健は彼の首の後ろに腕を回してぎゅっと抱きつく。喘ぎを押し殺しながら、健はいやいやをするように彼の肩口に額を擦りつけた。

慧史の手が二人の欲望を上下に扱《しご》くたび、健の濡れた髪が揺れる。食いしばった歯の隙間から零れる吐息と、くちゅくちゅと水音混じりの卑猥《ひわい》な摩擦音《まさつおん》が、湿った浴室の空気にまとわりつく。腹の奥が淫《みだ》らに疼く。

「んっ、ふ……っ、あぁっ」

不意打ちで耳朶《みみたぶ》を噛まれ、思わず嬌声を上げかけると、艶《つや》っぽい笑みの慧史に「しーっ」と甘く叱咤《しった》される。行為の最中限定で出る彼の表情に、ぶるりと腰が戦慄《わなな》いた。絶頂の扉が、すぐそこに見える。

「にいちゃ……」

「おーい、二人とも、湯加減はどうだい？」

快楽の涙に濡れた瞳で慧史にねだろうとした瞬間、朗らかな義父の声が扉の向こうから聞こえた。

「うわあぁぁちょうどいいよっ！」

咄嗟にそう叫んだ健は、慧史を湯船にぶん投げた。ざぱーっと飛沫《しぶき》を上げた慧史が、広々とした浴槽《よくそう》に沈んでいく。

「そうか、よかった。それにしても健は相変わらず賑《にぎ》やかだなぁ」

ハッハッハという義父の笑い声が遠ざかり、完全に聞こえなくなった頃、沈没《ちんぼつ》していた慧史がジョーズも真っ青の凶悪な形相《ぎょうそう》で水面から顔を出した。

「健、てめぇ……」

「あああ兄貴ごめんっ」

色っぽい空気はすっかり霧散《むさん》し、健は額に青筋を浮かべた慧史にひたすら平謝りする。

「ごめんな、ほんとにごめんな。怪我とかしてない？」

「もういいっつってんだろ。……むしろ助かった。実家の風呂であれはまずかった」

「ううん、元はと言えば俺が兄貴の身体見てエッチな気分になっちゃったから——」

「……頼むからそれ以上言うな」

数分後、湯船に浸かって百を数えた健たちが風呂から上がると、大型テレビの前にある広々としたソファで義父が母を膝枕していた。浴室ですったもんだしたあとに見るとより平和に感じる光景だ。

「隆くん、もう体調も平気だってば。あたしのこと甘やかしすぎだよ」「僕は奥さんを大事にしてるだけだよ、蘭ちゃん」と仲睦《なかむつ》まじすぎる姿を見せつけられて脱力した二人は、くっついて離れそうにない夫婦の邪魔をしないようにキッチンへ向かい、手分けして夕飯の支度を始める。

「オードブルがあるから、作るのは簡単な付け合わせだけでいいな。兄貴、サラダは任せて大丈夫……？」

「……そんな心配そうな顔をしなくても、レタスをちぎるだけなら失敗しねぇよ」

「それもそうだな。あ、スープの味見もしてくれよ」

健が手の平サイズの小皿にスープをひと掬《すく》いして差し出すと、慧史はそれを受け取らずに、健の手ごと自分の手で包み込んで引き寄せ、そのまま口を付けた。

「へ……」

「うん、いいんじゃねぇか」

新婚さんみたいなやりとりに、健はヒエーッと叫ぶ寸前で耐えて、顔を赤くしてぷるぷると震える。

——む、無理、心臓が持たない……！

少し前までの顰め面デフォルトの慧史に慣れた健には、恋人バージョンの慧史はまだ刺激が強すぎる。もう少し手加減してくれなくては困る。

「も、もっと塩対応で冷たく罵《ののし》ったりしてくれよぉ……！」

過剰《かじょう》なときめきで涙目になった健が頰を膨らませると、慧史はぶはっと噴き出した。

「どういう感情なんだ、それは」

健の頰を指先でつんつんする慧史は、目尻の垂れた甘い表情で笑っていた。

＊＊＊

「あれ、庭の花変えたんだ」

健《けん》がふと庭に目をやったのは、各々《おのおの》がまったりと自分の時間を過ごしていた大晦日《おおみそか》の昼下がりだった。

健の声に反応して、オレンジ色のロングニットワンピの裾を揺らした母が機嫌よく鼻歌を歌いながら窓辺にやってくる。昨日は顔色が優《すぐ》れなかった彼女も、今日は調子がいいらしい。

「そうそう、今はノースポールよ」

白い花びらに黄色の花芯《かしん》の可愛らしい花が、庭の花壇《かだん》に咲いている。数年前から母はガーデニングにハマっているようで、庭の景観が定期的にイメージチェンジするのだ。

義父と出会う前、健と二人で暮らしていた頃の彼女も明るく元気ではあったものの、仕事から帰ってきて健をぎゅうぎゅう抱き締めることを半ば唯一《ゆいいつ》の趣味のようにしていた。今思えば経済的にも時間的にも、他のことに目を向ける余裕がなかったのだろう。

健自身も社会人となり、当時の母の苦労をたとえ何分の一であれ理解できるようになった今、彼女が「最近これにハマってて」と話してくれるのが非常に嬉しかったりする。

「綺麗に咲いたな」

「でしょ。配色が目玉焼きみたいでおいしそうじゃない？」

幼い頃につつじを食べようとした自分の価値観は間違いなくこの人の遺伝だ……と確信しつつ、健はカーテンの隙間からノースポースと呼ばれた花を見つめる。

「ただちょっと匂いがいまいちなのよねぇ。嗅《か》いでみる？」

健が返事をする前に、母がリビングの窓を開けて庭に出ようとする。ぴゅーっと冷たい風が吹き込み、二人同時に身震いした。

丈夫な自分はロンTにデニムでも問題ないが、体調を崩していた母は上着が必要なのではないか――と健が母を呼び止めるより早く、義父がすっ飛んできた。

「蘭ちゃん、そんな薄着で風邪引いたらどうするんだ。ほら、こっちにおいで」

「もう、隆くんってば心配性なんだから」

怒ったような困ったような顔で母を呼んだ義父が、ばっと長い腕を広げると、夫婦は磁石のS極とN極のごとくシュッとくっついた。

「健も外に出るなら何か羽織った方がいいよ」

「そこにある慧史の上着、借りちゃえば？　二階で本読んでるみたいだから、しばらく外にも出ないだろうし」

二人の世界の入り口付近でかろうじて立ち止まった義父と母が、コートハンガーに掛かっている慧史の黒いチェスターコートを指差す。やれやれと肩を竦めた健は、部屋に置いてきた自分の上着よりいくらか大きいそれを手に取り、庭用のスリッポンを履いて外に出た。

目玉焼きカラーの花を眺めながら、窓の向こうで飽きずに見つめ合っているであろう両親の姿を想像して、健は口元を緩める。再婚当初からラブラブすぎて目のやり場に困ることも多い夫婦だが、健は結構好ましいと思っている。

五十代前半の真面目《まじめ》そうなナイスミドルの義父と、三十代後半で下手をすれば慧史の姉にも見える母は、一見ちぐはぐなところもあるカップルだけど、とにかく毎秒幸せそうなのだ。彼らの近くにいると、滲み出た幸せがじわじわと自分にも伝染する気さえする。

「この花、ほんとに目玉焼きみたいだな。匂いは母ちゃんの言ってた通り微妙だけど……。あとで兄貴にも見せよう」

微笑みながら袖を通したコートから、ふわっと大好きな人の匂いがした。たったそれだけのことで、条件反射的に胸がきゅんとときめく。パブロフの駄犬とでもいうべきか。しかも思わず慧史のコートを羽織った自分の身体を自分で抱き締めるという恥ずかしい行動までしてしまい、寒いどころかむしろポッと頬が染まる。

――真っ昼間から兄貴にぎゅってしてほしいとか考えちゃダメだろっ！

一人で照れた健は甘い妄想《もうそう》を払うように庭をうろつき、ついでに玄関の方に歩いていく。なんとなく道路に視線を移したところで、チョコレート色の綺麗なロングヘアの女性と目が合った。ロングブーツの脚がぴたりと止まり、こちらを向く。

「あ、健、帰ってたんだ」

「お、ええと……美波《みなみ》か！　久しぶりすぎて一瞬わからなかった」

八年ほど前にこの近所に引っ越して来た彼女は、健の中学校の元同級生だ。現在は実家を離れて地方の短大に通っているらしい。

「ほんと久しぶり。私もちょくちょく帰省してたんだけど、タイミング合わないと全然会わないもんだね」

彼女とは高校が別々だったし、お互いになんだかんだ忙しくて疎遠になっていた。こうして顔を合わせるのはしばらくぶりだ。

最後にしっかり喋《しゃべ》ったのはいつだったか。どうしても一番よく話した中学の頃の姿が思い浮かんでしまう。目の前の女性は、記憶の中の彼女よりもだいぶ大人のお姉さんになっている。

「なんかイメージ変わったな。昔は黒髪の無造作ショートでクールな感じだったけど、今の女性らしい雰囲気も似合ってるよ」

女の人って髪型や服装で印象変わるなぁ、と自分の母の変遷《へんせん》を思い浮かべつつ美波を褒《ほ》めると、彼女はくるんとカールした睫毛《まつげ》に囲まれたアーモンド型の瞳を眇《すが》めた。

——あれ？　俺、何かまずいこと言った……？

そういえば中学で同じクラスだったときも似たような表情をされたことが何度かある。女心など一ミリもわかった例《ためし》がない健がおろおろしたら、彼女は小さく噴き出した。

「健ってほんと変わらないよねぇ」

「どういう意味だよ、もう……」

見た目は美人系のお姉さんになった美波だが、中身は気さくな女の子のままのようだ。近況報告から昔話まで立ったまま会話を弾ませていると、庭から慧史が歩いてきた。美波が振り向いて、にこっと綺麗な笑みを作る。

「あっ、慧史さん。お久しぶりです」

美波が引っ越して来たのは慧史が大学に進学したあとだが、ご近所さんなので帰省した義兄と健が一緒にいるときに町内で出くわしたことが何度かある。だから二人が挨拶を交わすのは自然なことなのだが、健はどこか落ち着かない気持ちになる。

——美波、昔から兄貴のこと気にしてる節があるんだよな……。うぅ、昔はクラスの女子に「お義兄《にい》さんかっこいいね」って言われても、胸張って「そうだろ、かっこいいだろ!」って自慢できてたのに……。

慧史への感情が恋愛にシフトチェンジしてからというもの、自分でも呆れるくらい立派なやきもち妬きになってしまった。慧史の性格的に不義理な移り気を疑う必要はないし、不安があるわけではない。ただ、本能的に慧史に抱きついてぐりぐりとマーキングしたくなる。

「健は何をそわそわしてるのよ」

飼い主が散歩中に立ち話を始めてしまったときの所在なさげな犬のような顔をしていると、

美波に不審そうな視線を送られた。次いで慧史も健を見下ろしてくる。

「なんでもないっ！　美波、途中まで送ってくよ」

「ちょ、ちょっと」

　昨日、慧史の友人たちに妬いて反省したところだ。慧史は可愛いと言ってくれたけれど、いくらなんでも限度があるだろう。連日狭量《きょうりょう》さを見せつけるわけにはいかない。

とはいえ自分はポーカーフェイスとは無縁の生き物だという自覚はある。このままでは慧史の服の裾をくいくいと引っ張りかねない。ならば戦線離脱が一番だと判断し、健は彼女の背中を半ば強引に押して退散した。


「慧史さんも昔からあんまり変わってないわね。でも少し雰囲気が優しくなったかな」

　道中、スマホをいじりながら世間話を続けていた彼女は、不意に画面をこちらに向けてきた。

「そうだ、見て。私、短大卒業したら結婚するの。で、これが旦那さん。イケメンでしょ」

　猫のように目を細める彼女に、健は数秒きょとんとしたあと、おぉっと叫んだ。北風が吹いて、足元の落ち葉も驚いたように舞い上がる。

「まじか、おめでとう！　へぇ、かっこいいな。それに美波ともお似合いだ」

「いいでしょ。価値観が似てるし、違うところも尊重し合える、素敵な人よ」

　よく見たら彼女の細い薬指にはきらきらと輝く指輪が嵌《はま》っており、それも非常に似合っている。旧友のまさかの報告に健も嬉しくなり、しばらく二人できゃっきゃと騒いだあと、満ち足りた表情の彼女が健に向き直った。

「健に祝ってもらえるの、やっぱり超嬉しいわ。嬉しいついでに言っちゃうと、今となっては笑い話だけど、私、中学のとき一時期ちょっとだけ健のこと好きだったんだよね」

「え」

「いや、もう一ミリも未練ないから、そんな真っ白にならなくても」

全然気付かなかった、とフリーズしたら、美波に鼻で笑われた。

「健って優しいし素直だし顔もそこそこいいし、人のこと躊躇《ためら》いなく褒めるし、わりとモテてたんだよ。私も例に漏れず、健にそれとなく聞いた好みのタイプに合わせて黒髪無造作ショートにしたり、クールな感じでテスト範囲教えたりしてアピールしたなぁ。本人は何も感じ取ってなかったことが、さっき判明したけど」

「ええ……」

健の家の玄関先で目を眇められたのは、それが原因だったらしい。それにしても好みのタイプを聞かれて、当時からそんな回答をしていたとは。モロに慧史のことではないか——と無自覚にやらかしていた自分に心臓が痒《かゆ》くなる。

挙動不審の健を見て、美波は悩ませてしまったと思ったのか、背中をばしばし叩いてきた。

「もう笑い話だから気にしなくていいんだってば。好みのタイプも途中で『あ、これ慧史さんのことじゃん、ブラコンめ』って気付いたし。まあ健が極度のブラコンだったおかげで他の女の子に取られちゃう心配もなく甘酸《あまず》っぱい片思いを楽しめて、いい思い出しかないまま友達付き合いを続けられたんだから結果オーライだったわね」

彼女が慧史を気にしていたのは好意ではなく、そういった経緯《けいい》があったらしい。申し訳ないとしか言いようがない。

肩を竦める彼女を、健は気を取り直してしっかりと見据《みす》えた。健に対する未練は本当にまったくなさそうで、幸せオーラが全身から溢れている。いい人に出会えたんだな、愛されているんだな、と思ったら、胸の奥が温かくなった。

モテていた自覚はなかったけれど、健は昔から女の子に告白されることはそれなりにあった。当時は付き合ってほしいと言われても困った顔で断るばかりだったし、友人に恋の話をされてもまるでピンとこなかった。

しかし恋を知り、相手を愛するがゆえの不安や愛される喜びを知った今、彼女の歩んできた恋の道を心から敬《うやま》い、祝福できる。

「たしかにもう全然気にしてなさそうだけど、それでも謝らせて。美波の気持ち、気付かなくてごめんな。今さらだけど、その節は好きになってくれてありがとう。そんで今、美波がいい恋してるの、すっごい嬉しいよ」

言葉が足りないのは承知で、精一杯の祝福を贈る。こちらを見たままぽかんと口を開けた美波は、感動したみたいに自分の胸に手を当てた。

「さっき健は変わってないって言ったけど、撤回《てっかい》するわ。ただただ素直でおバカだった子犬から、なんか成長したね。うん、いい意味で変わった」

「そ、そう……？」

突然褒められたのが照れくさくて頬を掻《か》くと、彼女はふっと目元を緩ませる。

「健もいい恋してるのね。これからもきっと、ちょっとずつ変わっていくんだと思うよ。お互いさ、自分のいいところは残して、年齢や立場に応じて変えなきゃいけないところは変えて、いつまでも大好きな人とハッピーに過ごせるように頑張ろうね」

中学時代と同じ気さくな笑顔で拳《こぶし》を突き出した彼女に、健もグータッチで応《こた》える。美波の家が見えてくると、彼女は手を顔の横に上げて一言「じゃ」と言い、振り返らずに去っていった。


——美波、幸せそうだったな。それにしても昔の俺……。

毎日顔を合わせていたのに彼女の気持ちにまるで気付かないどころか、好みのタイプを聞かれて堂々と義兄の特徴《とくちょう》を述べている重症具合に、時間差で羞恥に襲われ悶絶《もんぜつ》する。

心の中でのたうち回りながら、気分を落ち着かせようと行きと反対の道から遠回りで自分の家に向かって歩いていると、玄関先でピンクの豹柄《ひょうがら》のブランケットを肩にかけて掃《は》き掃除をする慧史の後ろ姿が見えた。

箒《ほうき》を持った彼は、道をサッサッと掃いては顔を上げ、健が現在歩いている道とは反対方向を眺めて、そわそわと妙な動きをしている。滅多にお目にかかれないレベルの不審者である。

「兄貴、何してるの」

「なっ……どうしてそっちから来るんだ」

ばつが悪そうに目を逸らす彼は、鼻先が赤くなっている。真冬だというのに、セーターにブランケットを羽織っただけの状態でずっと掃き掃除をしていたのだろうか。しかも辺りを見るに、掃除も捗っているようには見えない。

「いくら綺麗好きとはいえ、こんな薄着で……あ、ごめん、俺が上着借りちゃったからか」

健が慌ててコートを返そうとすると、慧史に制される。

「いや、いい。義母さんがブランケットを貸してくれた」

「ブランケットだけじゃ寒いだろ。なんでそこまでして、この寒空の下で頑張ってたんだよ……ほら、掃除はもうおしまい」

箒を奪おうと差し出した健の手は、慧史に掴まれた。冷えた手に握り込まれてびっくりする健を、慧史の双眸《そうぼう》が捉《とら》える。切れ長の知的な瞳がどこか揺れて見えるのは気のせいだろうか。

「……で、どうだったんだ、告白でもされたか」

「え……え⁉　なんでわかるの⁉」

いつも通りぶっきらぼうな口調で問われ、数拍の後、健は全力で動揺した。あわわ、と視線を左右に彷徨《さまよ》わせ、言葉にならない声を出していたら、慧史に握られた手がぐいっと引かれる。

ハッと顔を上げた先には、慧史の少し怒ったような顔があった。

「おい、なに動揺してるんだ」

「だ、だって――」

端整な顔を近付けられて、健は変な汗を掻きながら事の顚末《てんまつ》を説明した。健の話を聞いているうちに、慧史の手の力は緩んでいく。最終的に健の手は解放され、慧史は自分の眉間《みけん》を揉み始めた。

「お前はほんとに……」

「いや、もう俺、当時の美波の気持ちに全然気付けなかった申し訳なさと、昔から無意識に好みのタイプに当てはめちゃうくらい兄貴のことが好きだった恥ずかしさとで『うわー！』って感じでさぁ……」

そのせいで心臓が忙しかったのだと伝えると、頭上から溜息が降ってきた。

「……妙に動揺《どうよう》するから、可愛く成長した彼女の告白で気持ちが揺れたのかと」

ぼそっと呟かれた言葉に、何か嬉しい要素が含まれているような気配がした。しかしそれを嚙み砕《くだ》いて理解するより前に、脳直の健は聞こえた単語に真っ青になる。

「兄貴、やっぱり美波のこと可愛く成長したって思ってたんだ……」

「は？」

「……なんでもない……」

やきもちを隠すために美波を慧史の前から退場させたのに、ついぽろっと口に出してしまった。これ以上余計なことは言うまいと自分で自分の口を押さえた健は、ふらふらと玄関に向かい、履いていたスリッポンを脱ぐ。

すぐに追いついてきた慧史に反省中の背中を向けていると、背後からふっと笑いが漏れた音がした。振り返るとにやにやした慧史が間近に居り、唇にちゅっと触れるだけのキスを落とされる。

「彼女が可愛く成長したってのは一般論だろ。俺の『可愛い』は十五年間お前が独占状態だ、ばーか」

「……っ」

耳元で囁かれ、ぶわっと汗が出てきた。なんとかコートを脱いで慧史に返却《へんきゃく》した健は、ついに耐えきれなくなって、風のようにビュンと二階の自室に飛び込む。甘い声の残響に腰砕けになりながら、健は自分のベッドに顔を埋めて身悶える。あんなの、ずるい。

「靴、庭に戻しとくぞ」

笑いを嚙み殺した慧史の声が、階下から聞こえる。「お願いします！」となぜか敬語で返事をした健の声は見事に裏返った。

――兄貴のかっこよさが日に日に増していく……！

付き合う前も義兄はかっこよかったけれど、恋人になってからの彼は甘かったり色っぽかったり意地悪だったり――とにかく魅力が五割り増しだ。

こんなにドキドキさせて一体俺をどうする気なんだ、と叫びたくなる。ときめきシーンを反《はん》芻《すう》してはにやけてしまっているので、幸せな悩みでしかないのだけれど。

「でも、兄貴の『可愛い』は十五年間俺が独占してるのかぁ……えへへ」

ようやくベッドから顔を上げた健は、一人で照れ笑いを浮かべ、ふと思い立って部屋のクローゼットを開けた。昔から趣味＝慧史だったので、健のクローゼットの中は無駄なものが少ない。幼少期に慧史と一緒にお片付けをする習慣があったこともあり、意外と整頓《せいとん》されているのだ。

年代別に並んだ小学校から高校までの卒業アルバムを、健は順に捲《めく》っていく。この頃の俺のことも可愛いと思ってくれていたのか……と噛みしめるだけの作業を一通り終え、ついでに出てきた学生時代のノートを眺める。実家に来るとこういうものがあるのも楽しみの一つだったりする。

「あ、学ランもある。高校卒業してから二年弱か……」

さすがにもう社会人の顔つきになったので似合わないだろうと思いロンTの上から着てみたが、鏡の中の自分は今すぐ登校できそうなくらい違和感がなかった。慧史が二十歳の頃はもっと大人っぽかった気がするのだが、この差は一体何なのか。

何とも言えないがっくり感に健が肩を落としたとき、部屋の扉がノックされた。深く考えず返事をすると、部屋に入ってきた慧史が目を見開いて固まっている。

「どうしたんだよ兄貴――あっ、俺、学ラン着たままだった！　うわ、なんか恥ずかしいっ」

鏡の前で一人コスプレ大会をしていたと思われてしまったかもしれない。居《い》た堪《たま》れなくなり、健は慌てて手をばたばたさせながら慧史に駆け寄る。そして、足元に置いていたノートに躓《つまず》き豪快につんのめった。

「わっ」

急に倒れかかってきた健を抱き留めた慧史が、フローリングの床にばたんと仰向《あおむ》けに倒れる。彼を下敷きにしてしまったことに焦り、健は起き上がろうとしたけれど、胸板に埋めた鼻先に彼の匂いを感じて動きを止める。うずうずする。ちょうどさっき庭に出たときに慧史のコートの匂いを嗅ぎながら、彼に抱き締めてほしいと願ったばかりだ。

ごちそうを前に誘惑に抗えなかった犬のように、健は理性に抗えず、つい恋人の胸に顔を押し付ける。優しい匂い、低めの体温、大好き、大好き、とすりすりする。

「……おい」

「ご、ごめん。重いよな」

甘え足りないけれど、そろそろ退《ど》かなくては。でももう少しだけこうしていたい。朝、布団から出られず二度寝してしまう人ってこんな気持ちなのだろうか。

もうちょっと、とねだりたくなる気持ちを抑えて健は顔を離す。義兄の顔で甘ったれがと怒られるか、それとも恋人の意地悪な顔で揶揄われるか。ドキドキしながら彼の顔を窺った健の予想はどちらも外れていた。

目元を赤らめた慧史が、困ったような表情で自分を見上げている。

「重くはねえけど……罪悪感がすごいからやめろ」

「え、どういう意味？　っていうか、兄貴を見下ろすのって新鮮だな」

「ガソリン注いでんじゃねえよ……」

視線を逸らす慧史に、健は小首を傾げて彼をじっと見下ろす。

「……お前、今の体勢わかってんのか」

「へ……？　あっ」

呆れた声で言われて、健はようやく自分が彼を押し倒している状況だと認識した。途端、ぶわっと顔に熱が集中する。

しかし恥ずかしさと同じくらいの強さで、滅多にないシチュエーションに腹の奥からムラムラと興奮が湧き上がってくる。大好きな人が自分の下にいるのだ。学ランの襟《えり》の奥で、ごくりと喉仏が上下する。

「兄貴……」

「け、健……」

こんなところで発情してはいけないと頭ではわかっているけれど、どうしても慧史の唇が欲しい。

慧史の上に乗ったまま、健はゆっくりと彼の方に上体を伸ばす。健が見つめる先で、慧史の瞳に雄の色が滲む。彼の手が健の顎《あご》に添えられ、瞼《まぶた》を閉じた健が形のいい唇に吸い寄せられる――瞬間、一階から義父が「蘭ちゃん！」と大きな声で母を呼ぶのが聞こえた。

「――っ」

瞬時に慧史の上から飛び退いた健と、バネ人形のごとく飛び起きた慧史は、互いに目を丸くして顔を見合わせた。

「義父ちゃんがあんなきつい声で母ちゃんを呼ぶなんて」

「珍しいな。とりあえず下に行くか」

普段の義父は母のことを、砂糖を煮詰めたような甘ったるい声で呼ぶ。そんな彼らしからぬ鋭い声色に、今しがたの甘い空気も忘れて動揺する。

「――なんだから、蘭ちゃんももっと――」

「でも今日は――だから」

急いで学ランを脱いだ健が慧史と二人で階段を下りる最中も、義父と母の言い争う声が聞こえて、ますます心配になる。

「蘭ちゃんだけの問題じゃ――。僕は――」

「隆くん――」

義父が何か言ったあと、母も義父の名前を呼び、やりとりがだんだん小さくなっていった。喧嘩《けんか》がヒートアップしている様子はない。健と慧史がおそるおそるリビングの扉を開けると、部屋のど真ん中で夫婦が抱き合っていた。

「ごめんね、隆くん。あたしが軽率だった」

「ううん、蘭ちゃん。僕も大きい声出しちゃってごめんね」

二階から一階の部屋に来るまでのわずか数十秒のあいだに、喧嘩は終わっていたらしい。世界最速の夫婦喧嘩の収束《しゅうそく》に、義兄弟は口を開けて佇《たたず》むしかない。こちらに気付いた母は、きょとんとした顔をしている。

「なぁに、二人ともどうしたの？　お腹空《す》いた？　今日は年越し蕎麦《そば》作るからね」

「蘭ちゃん、僕も手伝うよ」

「隆くんが作るとなぜかゲル化するから、食器だけ並べてね」

ケロッとした顔の母と、お手伝いを却下《きゃっか》されてしょぼんとした義父が、熱い抱擁《ほうよう》を交わした体勢で話しかけてくる。

「少し早いけど、そろそろ作り始めようかしら」

「う、うん……」

半笑いで頷く健は、慧史と目を合わせて肩を竦めた。

——相変わらずのバカップル……だけど、一瞬とはいえ喧嘩したんだよな、この二人が。

思えば彼らは健が幼い頃に一度だけ大きな夫婦喧嘩をしたくらいで、基本的に小競《こぜ》り合《あ》いすらしないおしどり夫婦だ。

しかしこの数日は何かが違う。いつも元気に動き回っている母は妙に大人しいし、母を見つめるときは常に満面の笑みのはずの義父は怒ったような困ったような顔をしたり、鋭い声で母を呼んだりする場面があった。些細《ささい》なことだけど、微妙に気になってしまう。

「蘭ちゃん、僕はほんとに手伝わなくていい？」

「義母さん、俺も何かやることあるか？」

「隆くんと慧史には食器の準備と洗い物をお願いしたいかなー。健、ちょっと手伝ってよ」

和《なご》やかな家族の会話を聞きながら、健は胸に生じた不安を掻き消すように頷いて早足でキッチンに向かった。

＊＊＊

年越しそばで大晦日の夜を過ごした健《けん》たちは、正月は朝から家族四人で初詣に行った。昼食は市販の切《き》り餅《もち》をあんころ餅にして腹を満たし、夕方までリビングのカーペットの上でごろごろする。

「これぞ我が家の正月って感じだなぁ」

ソファを背もたれにしてカーペットに直《じか》に座り脚を伸ばす慧史《けいし》の腿に、健は頭を乗せて仰向けに寝転がった。

「だらしない顔だな。加藤《かとう》さんの家のショコラの方がキリッとしてんぞ」

「あいつポメラニアンなのにぃ？」

へそ天状態でリラックスしきった顔を向けたら、慧史は仕方ねえなという表情で健の頬や顎の下を優しく撫でてくれる。この手に触れられるともうダメだ。幸福感に満たされてうとうとしてしまう。

「ったく、とんだ甘ったれになっちまって」

「だって兄貴に触ってもらうと俺、とろとろになっちゃうんだもん……いてっ」

気持ちよく眠りかけていたらなぜか急に頬をむぎゅっとつままれて、健は手の主に抗議の視線を送る。しばらく頬を弄《もてあそ》んでいた慧史は、健が拗《す》ね始《はじ》めると機嫌を取るように喉をなでなでしてくる。悔《くや》しいけれど気持ちいい。全身が弛緩《しかん》していく。ゴッドハンドめ……と呟きながら、健はたちまちふにゃふにゃになってしまう。

そのうち両親もやってきて、伸びきった健を一人ひと撫でしたあと、カーペットに寄り添って座る。目を閉じていても家族の温かな匂いがする。

心地よさに身を預けて微睡《まどろ》んでいるうちに、あっという間に外が暗くなった。健と母の腹時計を合図に四人が一斉《いっせい》に立ち上がり、下準備しておいたちらし寿司《ずし》を完成させて食卓につく。

健たちは明日の夕方には自宅マンションに帰る予定なので、今回の帰省では最後の夕飯だ。ほんの少し名残惜《なごりお》しさを感じるものの、正月番組を見ながらわいわい盛り上がるのはやはり楽しい。

「おい、健。口元に米粒《こめつぶ》ついてんぞ」

「わ、あ、ありがと」

隣に座る慧史の指に唇を拭われ、健は少し恥ずかしくなって俯《うつむ》いた。

「……もう一泊するか？」

照れて下を向いているのを、慧史は健が明日帰るのが名残惜しくてしょげていると思ったのか、頭に手をぽんと置いて尋ねてきた。些細《ささい》なことでも自分の気持ちを慮《おもんぱか》ってくれるのが嬉しくて、健は頬を緩めて顔を上げる。

「ううん、兄貴も仕事の準備とかあるだろうし、大丈夫。大体、うちからここまで電車でも一時間ちょいだしな！」

そもそも寂しがるほどの距離ではないというのと、家族と過ごしたいのと同じくらい慧史と二人きりで過ごしたいという気持ちもあったので、健はにこっと笑って首を横に振る。慧史は一瞬甘く微笑んだあと何事もなかったかのように食事を再開したが、それを健の前の席から見守っていた母が、目を細めて優しく笑いながら口を開いた。

「なんとなくだけど……二人の雰囲気が変わったよね。何かあった？」

責めるふうでも探るふうでもなく、どんな変化でも歓迎すると暗に伝わるような声色で、彼女は健と慧史を見つめている。義兄弟の関係が変わったことを伝えるベストな機会は、おそらく彼女が水を向けてくれた今だ。

顔を見ればわかる。この両親は、自分たちを決して否定したり拒絶したりはしない。多少がっかりさせてしまう可能性はあるけれど、ここで彼らの度量を信じずに隠したままにする方が寂しいと思われるような気がする。

他の家族にとっての正しい形が何なのかはわからないが、自分の家族に関してはそう思えた。

「そうだな。実は俺たち――」

隣から慧史の声が聞こえる。折を見て話そうと、母の体調を見て判断しようと、慧史は常に冷静に彼らに話すタイミングを検討《けんとう》していた。彼も健と同様に、今こそ伝えるべきだと感じたのだろう。

――伝えることに迷いはない……けど、緊張するな。

最悪の展開にはならないだろうけれど、相手の反応を完璧《かんぺき》に予測することはできない。わずかなぎこちなさが生じるくらいの覚悟はしておくべきかもしれない。

真剣な空気に胃がキリキリしてきて、健は理知的で低めな聞き慣れた声の方向に顔を向ける。

そこで、違和感を覚えた。義兄の表情はどこか引《ひ》き攣《つ》るように硬く、舌で乾いた唇を湿らせている。

――兄貴も緊張してる……？

七歳年上の義兄は、昔から口は悪いけれど頼りになって、わからないことがあればなんでも教えてくれたし、健が困っていればいつだって助けてくれた。恋人になってからも、些細なことで浮かれまくったり、慣れない性欲や幼い嫉妬心に戸惑う健と違って、彼の振る舞いには余裕があった――ように見えた。

義兄としても恋人としても、頼りになる彼に任せておけば大丈夫だと、昔からの擦りこみのように、心のどこかで漠然と思っていた。

でも、それは本当に正しいのだろうか。自問自答する健の脳裏に、忘年会で聞いた親方や先輩の言葉がよみがえる。

『相手も年上だからって、見た目ほど余裕があるとは限らないぜ』

『案外、内心ではいろんなことに一喜一憂してるんじゃねえか？』

『恋人ってのは基本的に年齢や性別に関わらず対等なもんだろ？』

アドバイスをもらったときは彼らの言葉に安堵し、為になるなぁと思っていたが、自分は本質を捉えていなかったのではないか。

慧史だって、健と同じただの男だ。彼は頼れる義兄であるのと同時に、互いに守り合い一緒に幸せになるべき対等な恋人なのだ。頼りになるからと言って一方的に頼るのは、多分違う。

――じゃあ、今の俺に何ができる？

対等な恋人であるべきだと認識したところで、いきなり自分が慧史以上に要領よく説明ができるようになるわけではない。心配事がすべて解消できる案を考える頭もない。それでも、と考えたとき、昨日会った元同級生の笑顔が瞼の裏に浮かんだ。

『お互いさ、自分のいいところは残して、年齢や立場に応じて変えなきゃいけないところは変えて、いつまでも大好きな人とハッピーに過ごせるように頑張ろうね』

そうだ。健の気持ちは今、世話を焼かれるだけの義弟から、互いを支え合うべき恋人にしっかりとシフトチェンジした。だったら、あとは自分のいいところを発揮《はっき》すればいい。

「あのさ、兄貴」

くいっと慧史の袖を引っ張り、冷静に見えて緊張している彼を呼ぶ。身内でなければ気付かない程度に強張《こわば》った顔をこちらに向けた慧史は、にかっと笑う健を見て目を瞠《みは》った。

「兄貴。……俺がいるよ」

健も慧史も、自分たちの両親を信頼している。それでも反応は怖い。がっかりさせてしまうかも。見えない溝が生まれてしまうかも。そう考えたのは、健だけではないはずだ。慧史も同じかそれ以上に懸念《けねん》しているのだろう。

でも、悪い空気を追い払うのは健の十八番《おはこ》だ。

再婚当初の慧史が感情を抑え込んでいたときも、両親が一度だけ大きな夫婦喧嘩をしたときも、クラスでいじめが起きたときも、先輩職人が摑み合いの喧嘩になりかけたときも、先日大学の食堂で慧史の同僚の中村《なかむら》が嫌味を言ってきたときも。

多少の悪い空気ならきっとすぐにぶち壊せる、仮に今回は少し時間がかかったとしても自慢のまっすぐさで問題と向き合う覚悟ができている、俺がいるよ――慧史の瞳を見つめた健は、底抜けに明るく微笑みかける。

悲しいわだかまりは消してみせる。自分がいる限り、慧史にも寂しい思いはさせない。

――何より、俺たちの家族なら絶対に関係を再建できるだろ。

力強く頷いた健を見てぽかんとしていた慧史は、やがて強張っていた表情を緩め、穏やかな顔で両親に向き直った。

「父さん、義母さん。驚かせちまうと思うけど、俺と健は先月から恋人として付き合ってる。カミングアウトすることが正しいとは限らないし、今こうして話すのは俺たちのエゴだけど、それでも俺たちは二人に知っていてほしいと思った。俺にとっては、健を愛し、健と一緒にいることが何よりの幸せだから」

「お、俺も兄貴のことが、義兄としても恋人としても好きで、手放したくないから、今の関係に後悔はないんだ。……孫の顔を見せてやれないのは申し訳ないと思うけど。母ちゃんの体調が万全じゃないときにごめんな」

慧史とともにまっすぐに大好きな両親を見つめる。数秒の沈黙の後、ふふっと歌うように笑ったのは母だった。

「薄々気付いてたわよ。健は妙に照れるようになってるし、慧史はクールに見えて顔面土砂崩《どしゃくず》れしてるし。帰省してから二人ともあたしたちに何か言いたげなのに、話してくれないから少し寂しいなって思ってたんだけど、あたしの体調に遠慮してくれてたのね」

ありがとね、とお手伝いをしたときくらいの軽さで言う母の横で、義父は目を丸くして固まっている。

「僕は全然気付かなかったから、正直びっくりしてる……でも子どもは親の所有物でもなんでもないからね、反対はしないよ」

そう言いつつ、母よりは動揺している様子の義父の顔には心配が滲んでいる。そりゃそうだよな、と少し身を固くした健たちの前で、義父は眉を下げて悩みだした。

「そんなことより、健は僕と養子縁組しちゃってるんだ。二人はパートナーシップ制度とかやりたいのかな？　男女の結婚は養子縁組している連れ子同士でもできたはずだけど、パートナーシップはどうだったかな……」

「は……？　と、父さん、落ち着いてくれ。そこは追々《おいおい》考えればいいから」

「あぁ、そうだね。焦ってしまったよ。まずは現時点で法的に一番多くの権利が認められる手段を確認するのが先だな。弁護士の友達に話を聞いてみよう」

「それも今じゃなくていいから……というか、正月に電話したら弁護士の人も迷惑だろ……」

相変わらずちょっとズレている義父がスマホを取り出すのを、慧史が眉間を押さえながら止める。健は母と視線を合わせ、肩を竦めて笑った。義父の心配は、どうすれば健たちが一番幸せになれるかという一点のみだったようだ。

「……二人とも、受け入れてくれるんだな」

健は肩の力を抜いて、ぽつりと呟いた。

ようやくスマホを置いて「気が逸《はや》っちゃった」と照れ笑いを浮かべる義父も、こんなときでもちらし寿司をこっそり口に運んでいる母も、本当に普段通りだ。多少は何かあるかと身構えていたので、健も慧史も、現実感があるようでどこかふわふわしてしまう。

「受け入れるも何もないよ。親は子どもを守ったり助けたりはできるし、幸せな未来のための礎《いしずえ》くらいは作ってあげられるかもしれないけど、最終的に自分を幸せにするのは自分の選択なんだ」

「そうよー。あたしと隆くんだって、歳の差がある上にお互い子連れの再婚で、とやかく言ってくる他人はいたわよ。しかも隆くんはお医者さんで、あたしは高校中退のヤンママっていう格差カップルだったし。まあ『だから何？　うちには隆くんと可愛い子どもが二人もいるんですけど？』って感じで、プラマイで言うとプラスプラスプラスくらいだったけど」

「僕もいらないことを言う外野は消しちゃったよ」

ハッハッハと朗らかに笑う義父に健は若干慄《おのの》きつつ、ふっと息を吐いた。いつだって夫婦円満で、ときに暢気《のんき》にすら見える彼らも、自分たちでたくさんの選択を積み重ねて幸せを手にしてきたのだ。

「結局どんな問題も愛の前では些細なことだったし、デメリットも考えた上で二人で決めたなら、僕たちは祝福するよ」

「うんうん。それに孫のことは気にしなくていいわよ。正直、この子の育児が始まったら孫どころじゃないし」

「そっか……ん？」

あっけらかんと自分の腹に手を当てる母に安心しかけた健は、ふと思い留まって首を傾げる。この子とか育児とか、何か聞こえた気がする。

「……義母さん、今、この子とか育児とか聞こえた気がするんだが」

健の疑問を口に出してくれた慧史に、今度は両親が首を傾げた。

「うん、三ヵ月だよ？　え、もしかして隆くん、慧史たちに言ってなかったの？」

「ええ？　蘭ちゃんが言ったんじゃなかったの？」

どうやら慧史が「父さんが大丈夫って言ってるんだから病気ではない」と分析し、そのおかげで健が無駄に心配したりおろおろしたりもしなかったので、彼らはお互いに自分の伴侶《はんりょ》が妊娠《にんしん》について説明してくれたのだと思い込んでいたらしい。

目の前で繰り広げられる「もー、うっかりさん♡」というやりとりに、義兄弟は激しく脱力する。

「じゃあ母ちゃんの体調不良って……」

「あぁ、悪阻《つわり》、悪阻。大してひどくない方なんだけど、さすがにたまに調子悪くなるのよね」

「義父ちゃんの様子がおかしかったのも……」

「あぁ、一回大きい声出しちゃったから不安にさせてしまったかな。ごめんね。でも蘭ちゃん、体調が回復するとすぐに動き回ろうとするから心配で。少し目を離すと、寒いのに上着も着ずに庭に出ようとしたりするし。今は僕も休暇だからまだいいけど、平日の仕事中なんてもう蘭ちゃんのことが気になって気になって胃が捻《ね》じ切《き》れそうなんだ。蘭ちゃんは健と同じで……その、活発がすぎるところがあるから」

つまり軽率にすっ転びそうってことだな、と慧史が横でぼそっと言った。すっ転んで捻挫した記憶が新しいので、健は無言で視線を逸らす。

「なんか、かえって心配させちゃってごめんね」

えへへと舌を出した母がむしゃむしゃと食事を再開したので、健たちも各々の箸を再び動かし始めた。

すっきりした気持ちで普通のひとときを家族と過ごせることがこの上なく嬉しくて、健は慧史と目配せして幸せを噛みしめる。

新たな一年の始まりは、明るい希望に満ちていた。

＊＊＊

翌日の夕方、二人は自宅マンションに帰ってきた。いろいろあったけれど、そのどれもが大切な思い出と言える、いい帰省だった。

「健《けん》、先に風呂入って来い」

うん、と素直に頷いて、健は浴室の湯張りボタンを押す。夕飯は出来合いを買ってきたし、入浴を済ませて食事をしたら、あとは二人のまったりタイムだ。

実家では別々の部屋で眠っていたが、今夜は一緒のベッドで寝られるだろうか。……もっと言えば、そろそろ恋人としての触れ合いがしたい。

——抱いてくれるかな……。

今夜誘われることを期待して疼く胸を押さえた健だが、そこでふと思い直した。慧史から何かしてもらうのを待っていたら、甘ったれの義弟のままではないか。

忘年会の前日は誘うことすらできなかったし、その次の日は誘おうとしたものの寝落ちで失敗している。実家では風呂で盛りかけたり学ラン姿で押し倒したりしてしまったけれど、あれはアクシデントであって、意図して情事のお誘いをしたわけではない。

しかし対等な恋人を目指すなら、受け身なだけではダメだ。慧史が健を求めてくれるみたいに、自分も行動を起こさなくては。

「よし……！　兄貴！」

「どうした？」

健は気合いを入れて、荷物を片付けている慧史の背中に駆け寄る。風呂の準備をしていたはずの健が勢いよく戻ってきたので、慧史は不思議そうな顔で振り向いた。

台詞も何も考えずに来てしまったことに今さら気付き、健は口ごもる。とてもスマートに誘えそうにはない。じわりと頬が熱くなっていく。

無言でもじもじしている健に、慧史が訝《いぶか》しげに眉を寄せる。健は迷った末に彼の服の裾をきゅっと掴み、整った顔を見上げながらなんとか口を開く。

「あのさ、一緒に入らない……？」

健の言葉にぴくりと反応した慧史は、軽く目を見開いた。返事がないのは誘い方がよくなかったからだろうか。健は悩みつつ、おずおずと言葉を足す。

「ええと、誘ってるんだけど……その、エッチに……」

「……ベッドまでは待ってやろうと思ったのに」

額を押さえて天を仰《あお》いだ慧史が低く唸った。首を傾げる健の腕を掴んで引き寄せた彼が、唇に嚙みついてくる。

「んんっ、兄貴、風呂は……っ」

「入る」

このままここで食べられてしまいそうな雰囲気に、健は思わず彼の胸を押し返しそうとしたものの、唇を繋《つな》げたまま返事をした慧史に舌をじゅっと吸われて身体の力が抜けた。

「ん、ふっ……」

口内を蹂躙されながら、健は脱衣所に引きずられていく。足元がふらついて壁に凭れ、受け止めきれない唾液が唇の端を伝う。酸欠で朦朧としてきて、ずるずるとその場に座り込む。

「……はあっ、はぁ」

ようやく唇が解放され、頬を紅潮させた健は肩で息をしながら、慧史に抗議の視線を送った。しかし目線を合わせるように屈んだ彼はおかしそうに口元を緩めただけで、すぐにまた健の顎に手を添えて上を向かせる。

「ほら、もう一回。口開けろ」

「ひゃう……」

息も整わないうちに綺麗な顔がまた眼前に迫ってきた。再び酸欠になることが確定したが、彼の切れ長の瞳に射貫かれたら逆らうことなんて不可能だ。

唇を軽く開いて彼の口づけを受け入れた健は、彼の手によってゆっくりと服を脱がされる。下は自分で脱ごうとわずかな抵抗を試みたが、舌に歯を立てられて叱《しか》られた。

「……っ」

最後に下着が取り去られ、すっかり兆してしまった自身がぶるんと飛び出す。一糸まとわぬ姿にされた健が羞恥でぎゅっと目を瞑《つぶ》ると、貪るようなキスだったのが優しいキスに切り替わった。

「兄貴……」

頬を撫でられて、健は彼の手に擦り寄る。ちょうどそのとき、浴室から「お風呂が沸《わ》きました」という音声が聞こえた。

「あ、お風呂……」

自分から誘ったのに、慧史の濃厚なキスに翻弄《ほんろう》されて、風呂の存在を忘れかけていた。いかんいかん、と健が頭を振っているうちに、慧史は手早く自分の服を脱いでいる。

腰砕けになりかけていた健も両脚に力を込めて立ち上がり、一緒に湯気の立ちこめる浴室に入る。ちらりと盗み見た慧史の身体は相変わらず引き締まって美しく、下半身の屹立が健とのキスでしっかり反応しているのも嬉しい。

「ねえ、俺も兄貴の――」

「まだ身体洗ってねえだろ。『待て』だ」

主導権を握られっぱなしだったけれど、自分だって慧史に触れたい。そして慧史をめろめろにしたい。そんな健の意気込みは、いたずらっぽい笑みを浮かべた慧史にあっさり躱《かわ》された。

健用のボディスポンジを手に取り泡立てた彼は、焦らすように健の首筋から順に洗っていく。

「なんだよ、恨《うら》めしそうな顔して」

「……兄貴、意地悪だぞっ」

にやりと笑う彼に口を尖らせた健は、それならば自分もと思い、慧史用のボディスポンジを泡立てて、彼の腕に滑らせる。向かい合って洗いっこするなんて幼少期以来だ。これはこれでなんだか楽しい。

前から抱きつくようにして互いの背中に手を回して洗い、くっついたまま至近距離で見つめ合う。

実家の風呂でも思ったけれど、やはり濡れた髪を後ろに流した慧史は壮絶に色っぽい。どうにも照れてしまって目を伏せると、啄《ついば》むような口付けを贈られた。

「んっ、わ、何」

ちゅっちゅっと甘やかすみたいなキスのあと、両手でわしわしと髪を撫でられ、健は思わず視線を上げる。

「あのときの『俺がいるよ』は心強かった。ありがとな」

「兄貴――」

普段はきりっとしている眉を下げて笑う慧史はどこかあどけなくて、健の胸はきゅんと締め付けられた。また、彼の知らない表情を知ってしまった。大好きだ。この人を幸せにしたい、という気持ちが、胸の奥から湧き上がってくる。

「兄貴は昔から頭も良くて大人っぽいし、付き合ってからも俺と違って余裕な感じだから、俺、つい頼りっぱなしになってたんだ。だから母ちゃんたちに報告するのも、俺が下手に口を出すより兄貴に任せちゃおうって心のどこかで思ってたのかもしれない。俺たち二人のことなのに」

しかし両親にカミングアウトする局面で慧史の表情を見て、彼だって本当は自分と同じように不安だったり緊張していたりするのだと気付いた。

健だってもちろん慧史に丸投げするつもりなどなかったが、年上だから、頼りになるからと、一方的に寄り掛かっていた感は否《いな》めない。

しっかり者の義兄に甘やかされたり庇護《ひご》されるのは嫌いではないが、恋人関係としてなら話は別なのだ。

「守られるだけとか寄り掛かるだけとかじゃなくて、俺は兄貴と支え合う関係でありたい。兄貴が俺を幸せにしてくれるのと同じくらい、俺も兄貴を幸せにできるように頑張りたいんだ」

慧史のように賢くもないし、できないことも当然あるけれど、それでも自分にできる精一杯で愛する人を幸せにしたい。これはきっと、性別も年齢も関係ない。愛情とはそういうものだ。

自分を見つめる慧史の瞳に、愛しさが滲むのを感じる。あぁ、と呻くように頷いた彼は、健の頬に手を添えて深いキスをくれた。

「んっ、兄貴、それでね――」

「お前が愛しくてどうにかなりそうだ……」

健は話を続けようとしたが、胸が苦しくなるくらい愛おしげに呟く慧史に堪らなくなって、彼の首に抱きつくように手を回す。胸が焼けるほど甘い口付けは次第に深いものへと変わっていく。健の脚は期待に震え、互いの舌が熱を帯びる。

湯船の縁《ふち》に腰かけさせられた健と向かい合う形で、縁に手を置いて屈んだ慧史が、歯列を舌でなぞってくる。快感がぞくぞくと尾骨のあたりに響き、膝を擦り合わせていたら、泡だらけの手で胸の突起を撫でられた。

「やぁっ」

ぬるりとした刺激に上げた嬌声は、浴室なのでよく響く。自分の声ではないような情欲で湿った声が恥ずかしい。健は咄嗟にキスを押し退けて、自分の口を手で塞《ふさ》ごうとする。

「こら」

慧史はそれが気に食わなかったのか、健の舌をがぶがぶと甘噛みしてきた。甘い痛みに下肢《かし》がぶるりと震える。

「兄貴、待って、話の続き……っていうか、そんなんされたら声出ちゃ――あぁっ」

従順に舌を出しながらも、健は涙目で慧史に訴える。ふっと笑った彼に、健は嫌な予感がして顔を引きつらせる。

「可愛い声で鳴けよ」

「ちょ、待っ――」

健の舌をいじめながら囁いた慧史は、ボディソープのついた大きな手で健の屹立を握った。まずいと思ったときには、その手が激しく上下に自身を扱き始める。

「あ、あぁっ、それダメ……っ」

泡で滑りがよくなった分、その刺激は残酷《ざんこく》なほどで、健は背中を丸めてあられもない声を上げた。腹筋が痙攣《けいれん》し、欲望が絶頂へと駆け上がっていく。

「だ、ダメ、まだいきたくないのに……っ」

健は生理的な涙を散らして、慧史に舌を噛まれたまま精を吐き出した。

「あ――っ」

ぶるりと震えた健は性器の先端から噴きあがった白濁《はくだく》が慧史の綺麗な手を汚していくのをぼんやりと見つめる。頭が真っ白になって、健は自分が何か話そうとしていたことも忘れて快楽の海を揺蕩《たゆた》う。

「ん……にいちゃん、キスして……」

すっかり愛欲に浸《ひた》った健がねだると、慧史はすぐに唇をくれる。

「ったく、お前はほんとに可愛いよ」

吐精により紅潮した健の頬や濡れた唇を食んだ慧史は、綺麗な指で赤く尖った胸の頂《いただき》をつまんでくる。身体中のいろいろなところが性感帯になって、びりびりと痺れるような快楽が全身を駆け巡る。

汗ばんだ首筋に慧史が吸い付く。微《かす》かな痛みとともに所有印が残されるのを感じた健は、幸福に戦慄いた。

「ん、ん――」

真っ赤に熟《う》れた胸の果実を指先で愛でられながら、健は射精せずにまた軽く極まった。敏感になった身体は、わずかな刺激でも――慧史の熱い眼差しだけでも、健を絶頂に導いてしまう。

内腿を痙攣させた健は、とろんとした瞳で慧史を見つめる。もっと欲しい。慧史で奥を満たしたい。視線で訴える健の髪を、慧史は甘やかすように撫でてくれる。

「向こう向けるか？」

「ん」

慧史に促されて、健は湯船の縁に手をついて、尻を彼に向ける体勢になる。後孔《こうこう》に彼の長い指の先が触れるのを感じるだけで、健の屹立は期待に涎《よだれ》を垂らす。

このまま彼に身を任せれば、深い快楽が待っている。そこまで考えて、健はハッと正気に戻った。後孔に指を入れられたら終わりだ。もう喘ぐことしかできなくなる。慌てて尻を手で押さえ、慧史の方に首だけ振り向く。

「ま、待って、兄貴」

「……なんだ」

不満げな美形に睨《にら》まれて一瞬怯《ひる》んだものの、ここは譲《ゆず》れないぞと気を取り直す。

危うく達した余韻《よいん》でとろとろにされて、甘えっぱなしになるところだった。いや、すでに若干なっていたけれど、それは一旦《いったん》脇に置いておく。今はとにかく、先程途切れてしまった話をするのだ。

「俺、兄貴になんでもかんでも頼りすぎてたって言っただろ。そこで考えたんだ。エッチも受け身で気持ちよくしてもらってばっかりだったって」

口を開けて一時停止した慧史に、健はぐっと拳を握る。

「兄貴にリードされるだけじゃなくて、俺ももっと積極的にならないと……！」

「……また駄犬があらぬ方向に走り出した……」

鼻息荒く決意表明をした健に、慧史が頭を抱えている。

まずったかな、と不安が過《よぎ》り、ちらりと慧史の下半身を盗み見る。幸いにもそこはまったく萎えてはいない。ということは、そんなに大きく間違ったことを言ったわけではないはずだ。

慧史の上向きの股間《こかん》に励まされ、健は一生懸命言い募《つの》る。

「そ、そりゃ俺はすぐにやきもち妬いたり、一人でムラムラしちゃってたりして、かっこいい恋人になるにはまだまだだし余裕も全然ないよ。でもこういうことは二人でするものだから、兄貴だけに任せるのは違うっていうか……」

健は赤くなった顔を逸らし、湯船の水面に視線を落とした。ぎゅっと目を閉じて覚悟を決め、そろそろと右手を動かして自分の後孔を探る。

「あの、だから、見てて」

先程は健だけ乱れて達してしまったので、今度は慧史に気持ちよくなってほしい。そのために、まずは自分で上手に後ろを解《ほぐ》すところから、と気合いを入れる。

背後からごくりと唾《つば》を飲む音が聞こえた。慧史も固唾《かたず》を飲んで見守ってくれているということだろうか。

「ん……ほんとはもっと最初から、兄貴に喜んでもらえるように頑張りたかったんだけど、あっ……俺、兄貴に触れられるとすぐにダメになっちゃうから……」

吐息混じりに話しながら、健は自分の後孔を指で広げる。慧史がやってくれるみたいにはいかず、もどかしさに思わず腰がくねる。

「……あんまり煽《あお》られると壊しちまいそうだ」

「え？　――あっ」

地鳴りのような声が真後ろから聞こえたと思ったときには、後孔に自分のものではない指が侵入していた。体内で健の指と慧史の指が絡み合い、浅いところから奥深くまで容赦《ようしゃ》なく刺激される。

「あっ、や、やだ……！　待って」

「お前は、俺がお前のこんな姿を大人しく見ているほど余裕がある人間だと思ってんのか」

彼の長い指でいいところを突かれ、自身から蜜がとろりと溢れ出す。きゅう、と後孔が慧史の指を食いしめて甘えてしまう。自分の心も身体も慧史のことが大好きなのだと実感し、幸福感と羞恥が同時にやってくる。健の顔から首筋までが真っ赤に染まっていく。

「にいちゃ、なに……っ」

「馬鹿な子ほど可愛いってのは本当だな」

「んあぁっ」

蕾の奥の敏感なしこりを執拗《しつよう》に撫でられて、健は自身の先端からぽとぽとと先走りを漏らす。膝が震え、腰が慧史を求めて淫らに揺れる。

「いいことを教えてやる」

「……？」

涙の滲む瞳で慧史を振り返る。風呂の湿度と汗で湿った頬を舐められ、唇が触れる距離で慧史が囁く。

「一人でムラムラしてたのも、すぐにやきもち妬くのも、お前だけじゃねえよ」

どういうことかと聞き返す前に、後孔から指が引き抜かれた。名残惜しげにひくつく窄《すぼ》まりに、求めていた熱いものがそっと押し当てられる。健は本能のまま、貫いてほしい秘所を自ら彼の剛直に擦りつける。

「……っ、お前、これ以上積極的になったら本当に後悔することになるぞ」

後ろから腰を摑まれ、慧史が隘路《あいろ》を割って入ってくる。内臓を押し広げられる圧迫感を感じるたびに期待で胸が膨らみ、健はそれだけで極まってしまった。収斂《しゅうれん》する内壁が愛しい異物をきつく締め付ける。

慧史が小さく呻き、あやすように健の腹を撫でてくる。

「健、少し力抜けるか」

「ご、ごめ……兄貴が俺の中に入っただけで嬉しくてちょっといっちゃった」

涙目で申告したら、唇を合わせてくれていた慧史がものすごい顰め面になった。顔を顰めるのは健の可愛さに暴走しそうになるのを耐えているのだと両想いになったときに聞かされたが、彼のあまりの形相に健はそれも忘れて、必死で後孔を緩める努力をしながらあわあわと言い訳をする。

「しょうがないじゃん！　俺、年末にこの脱衣所で半裸の兄貴と出くわしたときからずっとエッチしたいなって思ってたんだもん。あのとき兄貴は揶揄って壁ドンまでするし……」

「……あれは別に揶揄ったわけじゃねえよ。踏み止《とど》まっただけだ」

不服そうに口を尖らせた慧史は、拗ねたみたいでなんだか可愛い。

「お前、初めて抱いた次の日に腰を痛めてただろ。たとえ一日で治る腰痛だとしても、動きの悪さが怪我に直結する可能性のある肉体労働で、そのリスクを抱えたままお前を仕事に行かせたくないから、平日は抱きたくねえんだよ」

「え……もしかして、俺のために我慢してくれてた？」

「うるせえ駄犬、当たり前だろ。こっちは毎日でも抱きたいのをなんとか抑え込んでるってのに、お前は隙あらば煽ってくるし、抱けると思ってた日は忘年会になるし、酔っぱらって帰ってきた挙げ句誘うだけ誘って爆睡しやがるし」

兄貴も俺のこと抱きたいって思ってくれてたんだという嬉しさと、無意識にフラグを立てては折りまくっていた申し訳なさに、健は困り顔で「えへへ」と笑う。上目遣いで彼の表情を窺ったら、なぜか中の慧史が一回り大きくなった。

「ん……っ、俺、兄貴に求めてもらえるの、すごい嬉しいよ。今日はいっぱいしよ?」

甘えるように慧史の双眸を覗き込んでから、健は思わずびくりと震えた。彼の瞳に、獰猛な獣のような、煮え滾《たぎ》る欲望の色が浮かんでいる。

「あ――」

何か言いかける前に、健の身体は激しく揺さぶられた。いきなり最奥《さいおう》に剛直を突き立てられ、その衝撃で健は前から白濁を噴き上げる。浴室の濡れた床にぱたぱたと精液が落ちる。

「ひっ、まだ、動いちゃダメ……っ」

「お前は、一挙手一投足が俺を煽ってるってことを、いい加減学習した方がいい」

首筋にがぶりと噛みついた慧史は、逃げを打つ健の腰を摑み、非情なほどに何度も奥を抉《えぐ》ってくる。

「いやぁ……っ、にいちゃん、にいちゃん……っ」

ひっきりなしにやってくる射精感に、粗相をしたみたいに濡れそぼつ健の屹立を、慧史は大きな手で包んで扱いた。極まりっぱなしの健は涙を散らし、頭を左右に振って快楽を逃がそうとする。

「あ、あっ、あぁ――っ」

ちかちかと瞼の裏に閃光《せんこう》が走った瞬間、身体の深いところに熱い飛沫を感じた。慧史が小さく呻いて吐精するあいだ、健は息もできないような絶頂から抜け出せない。何も考えられなくなって、喘ぎすぎて酸素も足りなくて、頭が朦朧とする。

ついに崩れ落ちた健の身体を、果てた慧史が抱き留める。そのまま横抱きにされて二人で湯船に入り、健は慧史の膝に向い合わせで乗せられた。

労《いた》わるように髪を撫でられるのが心地よくて、健はうっとりと目を閉じる。もっともっと撫でてほしいとねだりたくなる。

「にいちゃん、大好き。もっとして」

「……」

快楽でとろんとした状態の健は、ぎゅっと慧史にしがみついた。頭の片隅で警鐘《けいしょう》が鳴ったような気がするが、今の蕩けきった健にそこまで考える余裕はない。

「ん……？」

先程まで慧史が収まっていた場所に、切っ先が当てられた感触がする。あれれ、と思っているうちに、硬さを取り戻した何かが健の後孔に滑り込んでいく。

「あっ、また……なんでっ」

尻たぶを痛いほど摑まれて上下に揺すられ、いつの間にか対面座位での行為が始まっていた。つらいくらいの絶頂を繰り返した直後に再び強烈な快楽に見舞われ、やだやだとごねるように首を横に振るも、健の中心は本能に逆らえずに張りつめていく。

「……お前は俺を煽る天才だな」

「にいちゃん……っ」
二、三度突かれて中だけで極まった健はすっかり理性を手放し、勃起した性器を発情中の犬のように慧史の腹に擦りつける。
「くそ……可愛いすぎるだろ」

低い呻きと一緒にキスをくれた彼は、唇を離したときには少し意地悪な顔で健を見つめていた。

「積極的に頑張ってくれるんだったか？」

「うん……！　がんばる……っ」

いい子だ、と耳元で囁かれ、身体の奥がずくんと疼く。

大好きな恋人に求められているのが嬉しくて、度重《たび》なる快楽で思考までとろとろになった健は従順に頷いた。

宣言通り頑張りすぎた健が意識を取り戻したのは、慧史の部屋のベッドの上だった。

浴室で許容量を軽く超える量の愛情と快楽に溺れた健は、数えきれないほどの絶頂を繰り返したあと、慧史の腕の中で危うく安らかな眠りにつきそうになった。

慧史の焦った声がぼんやりと鼓膜を揺らす中、身体を拭かれたり着替えさせてもらったり、口移しで飲み物を飲ませてもらったりした気がするが、思考が焼き切れるほど心も身体も慧史でいっぱいにされていたので記憶が朧気《おぼろげ》だ。

「……起きたか」

額に冷却《れいきゃく》シートを貼りつけられた健が身を起こしかけると、ばつの悪そうな顔をした慧史が冷えたペットボトルを差し出してきた。ストローの刺さったそれをごくごく飲む自分を見て安堵した様子の慧史に、健はぷっと噴き出す。

「俺も大概だけど、兄貴も思ったより余裕ないんだな！」

にししと笑ってペットボトルを返した健の肩を、苦い表情の慧史が引き寄せる。腕の中に包まれて、今度こそ本当に労りのよしよしをしてもらう。

ふと、幼い頃に健が熱を出したときの話を義父がしていたのを思い出す。やはり詳細は覚えていないものの、あのときも一晩中、今と同じように彼は優しく頭を撫でてくれていたのだろう。

べたべたに甘やかしてくれるタイプではないけれど、その分触れるたびに愛情と優しさが滲むように伝わってくるこの大きな手が、健は昔から大好きだ。

「なんというか、その、悪かったな。……お前の身体のことを考えて我慢してたとか言ったくせに、結局耐えてた分が大爆発して離してやれなかった」

日常生活では料理以外のことを滅多に失敗しない慧史が、やってしまった……とばかりに反省の色を浮かべているのは新鮮だが、今回は互いの欲望が相乗効果でトルネードしてしまっただけなので後悔されるようなことではない。

健は即座に首を横に振り、ついでに彼の胸元にぐりぐりと擦り寄って甘える。

「んーん、俺もしたかったし、すごい幸せだし、全然いいって。……ただ、我慢は身体によくないから、今後はもう少し小出しにしようよ。俺だってほんとは毎日兄貴に触れたいし、触れてほしい」

「そうだな……」

意識を失うほど恋人を抱き潰《つぶ》してしまったことがショックだったのか、慧史は珍しくしょんぼりとしている。健はもぞもぞと彼の胸から顔を上げて、反省継続中の彼を見つめる。

もちろん、慧史が心配してくれていた健の腰の問題を置いておいたとしても、毎日愛し合うことは不可能だ。健の現場の納期が厳しい時期や、慧史が学会などで多忙になる時期は、ソファに並んで座ってほんの少しまったりする時間すら取れない日だってあるだろう。

今回のような単なる欲求不満だけでなく、愛情は感じているのにすれ違いが重なってしまって寂しくなったり不安になったりすることも、この先きっとある。

「だから、これからは適切な恋人の時間ってのを二人で探るところから始めようよ」

「適切な恋人の時間を二人で探る……？」

瞬きをする慧史に、健は頷く。自分では慧史みたいに理路整然と説明できないことは承知で、たくさん頭を捻《ひね》って言葉を紡《つむ》ぐ。

「俺たち、義兄弟歴は長いから、お互いの役目はなんとなく決まってるだろ」

くだらない喧嘩をしたときは素直な健がすぐに謝るし、慧史はそれに対して回りくどい方法で応える。外食に行けば慧史は息をするように自分の分の料理を健に分け与えるし、健もそれをいちいち遠慮したりしない。不愛想な義兄に全力で尻尾を振って甘える義弟というポジションも嫌いではない。

「でも、恋人としてはどっちも初心者じゃん」

まだ互いに役目も何もない。愛し愛される男が二人いるだけだ。

だからこそ、四六時中抱き合っていたい付き合いたての現在も、今よりも落ち着いて互いを慈《いつく》しむようになるであろう未来も、二人で一緒に築き上げていきたい。力不足なところは努力して、足りないところは補い合って、悲しいことも嬉しいことも仲良く半分ずつ持って歩くのだ。

健が一生懸命伝えると、慧史は軽く目を瞠り、ふっと嬉しそうに目元を緩めた。

「……そうだな。なんだか変な気分だ。お前に諭《さと》される日が来るとは」

「へへっ、俺だって恋人としてもっと成長して、兄貴を甘やかしたいんだ。兄貴も俺にわがま言ってくれていいからな。俺のことを考えて我慢してくれたのは嬉しいけど、エッチしたいときはエッチしたいって言ってよ。たとえ最後まではできない日でも、二人とも満たされるような方法をこれから——」

「エッチしたい」

力説している途中で、目の前の端整な顔からぶっ放された一言に、健はぽかんと口を開けた。知的な美形が「エッチしたい」って言った、と謎の萌えを感じたものの、問題はそこではない。

「い、今だけは無理……！　これ以上はまじで無理……！」

眉尻を下げて焦りまくる健を真顔で見つめていた慧史は、ついに耐え切れないというふうに声を上げて笑った。

「悪い、冗談だ。お前があんまりかっこよくて悔しかったから、困らせたくなった」

乱暴に髪をかき混ぜられ、健は不貞腐《ふてくさ》れた顔でそっぽを向く。

「兄貴の馬鹿。俺は真面目に話してたのに」

「拗ねるなよ。拗ねても可愛いだけだぞ」

身体の向きを変えて背を向けた健に、慧史が甘い声で抱き付いてくる。それだけで機嫌を直してしまうのも悔しいのでフンッと鼻息で返事をすると、腹に回された彼の手が宥《なだ》めるように健の腹を撫でた。

「困ったな、どうしたら許してくれるんだ」

明らかに困っていない声で言われ、健は慧史にお腹を撫でられてへそ天しそうになるのを堪え、なんとか頭を働かせる。

もっと撫でて。ぎゅってして。いや、これでは本能のままだ。他に何かいい返しはないか。

「あ」

「なんだ？」

「さっき風呂ですぐにやきもち妬くのも俺だけじゃないって言ってたけど、兄貴も俺に妬いてくれたことがあるの？」

意外な返答だったのか、慧史の手がぴたりと止まった。ちらりと顔だけ振り向くと、口を尖らせた慧史が不満そうにこちらを見ていた。

「俺は『もっと撫でて』とか『ぎゅってして』みたいなリクエストを期待してたんだが……まあ、いい機会だから言っておくか」

自分の本能が駄々洩《だだも》れだったみたいで恥ずかしいなと思っていたら、慧史が健の顎に手を添えてきた。目の前で美形が憮然《ぶぜん》としている。

「いいか、俺が妬くことなんてしょっちゅうだ。お前はどこからどう見ても可愛いのに、警戒心がないからすぐに他人に懐《なつ》く。うちの大学の菅野《すがの》にも初対面で頭を撫でさせようとしてたし、大晦日に会った彼女も——」

「美波《みなみ》？」

「そう、その子も、明らかに昔お前に好意があっただろ。それなのにお前は彼女を送ってくとか言い出すし……やめろとも言えず、ただ玄関先の落ち葉を掃いてお前の帰りを待っていた俺の気持ちがわかるか」

拗ねてますけど何か、という表情で見つめられて、健は胸がときめきすぎて死にそうになった。慧史の元同級生に妬いてしまったと反省した健に、彼が「可愛いだけだ」と優しく目を細めてくれたときは、なんて寛大なんだと思ったが——これは、あれだ。本当に愛しさが募って、可愛いだけだ。

「兄貴ぃ……」

健は身体の向きを慧史の方に戻し、腕と脚で彼の身体にしっかり抱きついて肩口に顔を擦りつけた。大好き、大好き、と何度も心で唱えながら、いくつかは声に出しながら、隙間なく密着する。

健の全力ハグに応えるように、慧史も苦しいくらいの力で抱き締めてくる。

「お前の義兄はまあまあ冷静で知性のある人間だけどな、お前の恋人は嫉妬深くて余裕のない、ただの男だ」

甘く低い声が、健の耳に吹き込まれる。湧き上がった歓喜にふるりと身を震わせた健は、慧史に負けじと彼の身体を力いっぱい抱き返した。

「どっちも大好き……っ」

＊＊＊

数日後、とんでもなく高級な黒毛和牛のステーキ食べ比べセットが健たちのマンションに大量に届いた。差出人である義父が同封した「ロボットくん受け取りました」から始まる手紙には、筆圧濃いめで感謝の言葉が並んでいた。

「うわぁ、兄貴、このお肉すごいよ」

どう料理したものかと悩んだが、素材の味がよすぎるのでシンプルに焼いただけの肉に各自の好みでタレなどを付けることにした。早速その日の夕飯の席で向かい合って肉を頬張りながら、二人は顔を見合わせて笑う。

「……父さん、本当に胃が捻じ切れそうだったんだろうな」

「兄貴の部屋で念仏ばっかり唱えてたタマも、役に立てる場所が見つかってよかった」

平日の仕事中も妊娠中の母のことが心配で胃を痛めていた義父のために、慧史は自室に置いていたＡＩロボットのタマを少し改造した。

人工知能としての精度はそのままに、慧史並みの思考力とＡＩ独自の分析力や知識を駆使して、リアルタイムで母の粗忽《そこつ》な行動を予測し注意を促す機能と、定期的にバイタルチェックができる機能を追加したのだ。

タマは口調も思考もほとんど慧史と同じなので、母もうっかりミスを息子に心配されたり、体調を気遣ってもらっている感覚らしい。

監視されているような窮屈感《きゅうくつかん》も心的負担もなく——実際カメラ機能はなく、熱や音などで動きを感知してＡＩが予測する設計なので、プライバシーは守られている状態で、義父の心配もかなり解消できたそうだ。

「……えへへ」

健が笑うと、肉にタレを付けていた慧史が顔を上げた。

「なんだ、締まりのない顔して」

そういう慧史もだいぶ締まりのない顔をしているので、きっと考えていることは同じだ。

「幸せな未来を想像したら、嬉しくなっちゃって」

「そうだな」

頬を緩める彼も、想いを馳せているのだろう。

たくさんの選択をして寄り添ってきた両親と、彼らのもとへ生まれてくる新しい命と、そしてこれから二人で選択をしていく自分たちの、鮮やかな未来を。

あとがき

AFTERWORD…………………

—幸崎ぱれす—

こんにちは、またははじめまして。幸崎《こうざき》ぱれすと申します。

本篇はおバカわんこが自分の尻尾を追いかけて一人でぐるぐる回るお話、書き下ろしはおバカわんこがほんの少し成長するお話となっておりましたが、楽しんでいただけましたでしょうか。慧史《けいし》はいろんな意味で振り回されていましたが、なんだかんだ幸せそうなので、まあよしとします。きっと二人はこれから先、自分たちの両親を上回るバカップルになっていくことでしょう。

ちなみに勝手に慧史に劣等感《れっとうかん》を抱《いだ》いては勝手に自爆していた中村《なかむら》にも、とある出会いがあったようなので、今後はそこそこ穏やかに生きていけるのではないでしょうか。

そんな感じで、本作はなるべく苦しいエピソードのない、クスッと笑えて優しい気持ちになれるお話を目指しました。少しでも皆さまの癒《いや》しになれたら幸いです。

イラストは大好きな佐倉《さくら》ハイジ先生に描いていただきました。感無量です。本当に本当に素敵なイラストをありがとうございます。

クールな表情の中に健《けん》への気持ちを隠しきれていない慧史&そんな彼に懐《なつ》きまくりオーラ全

開の健の姿が微笑《ほほえ》ましい表紙も、見ているこちらが恥ずかしくなるくらい甘い雰囲気の口絵も、垂涎《すいぜん》必至の本文イラストたちも、表紙の背景部分にいる幼少期の健（天使！）も、全部最高すぎて何度見返してもにやにやしてしまいます。

あと、書き下ろしのタイトルカットの、玉砂利《たまじゃり》を食べようとする健のもとにすっ飛んでくる慧史の躍動感《やくどうかん》、とても好きです……！　フフッとなりました。

ここからは余談ですが、実は私がBL小説というものを自分で書いてみようと思ったきっかけは小説ディアプラスでした。初めて小説を投稿したのも、初めて作品を掲載していただいたのも、さらにその一年くらい後に奨励賞でデビューさせていただいたのも小説ディアプラス。

そんな私のBL小説人生の原点と言っても過言ではないディアプラス様から、ようやく一冊目を出すことができました！　おめでとうございます私。

投稿時代から追ってくださっている方や、雑誌掲載のたびに応援してくださっている方、いつもありがとうございます。皆さまのおかげで本が出せました。

今回たまたま本書を手に取ってくださった方、最後までお読みいただき誠《まこと》にありがとうございます。もし気に入っていただけたなら、こんなに嬉しいことはございません。できれば今後も拙作《せっさく》と仲良くしていただけたら幸いです。

そして右も左もわからぬ超絶へっぽこ時代から大変手厚く育ててくださった担当様には感謝

してもしきれません。今後もどうか、何卒《なにとぞ》、末永くよろしくお願いします。
読者の皆さまと担当様に恩返しできるように、これからいっぱい頑張りますね。
それでは、このたびは慧史と健の恋を見守ってくださりありがとうございました！

兄貴〜

とある助教の一日

大学が春休みに入るとキャンパスは閑散《かんさん》とする。

二月の中旬、人口密度の低い帝都《ていと》大学の食堂で、御園慧史《みそのけいし》は今日も蕎麦《そば》を啜《すす》っていた。不愛想がデフォルトの顔も、最近は少し気を抜くと義弟兼恋人のことを考えて緩《ゆる》みがちだ。

——あいつ、あんなに健気《けなげ》で可愛《かわい》くて大丈夫なのか……?

慧史としては甘ったれの義弟状態でも十分可愛かったのに、正月の帰省で彼は彼なりに恋人としての在《あ》り方《かた》というものを考えたらしい。精神的に支え合うだけでなく、肉体的にも積極的に頑張ろうとするいじらしい恋人に、これ以上尊くなってどうするんだと何度心の中で絶叫したことか。

昨夜も彼は短時間のささやかな触れ合いで、最高に愛らしい姿を見せてくれた。以前健《けん》が言ってくれた通り、忙しい日々の中でも恋人らしい時間や互いが満たされる方法を二人で探ったおかげで、慧史が我慢することも少なくなった。

軽く触れるだけで乱れる彼の痴態《ちたい》や事後のはにかみ顔は眼福だし、いっぱいいっぱいになりながらも貰《もら》った分だけ惜しみない愛情を返そうとしてくれる姿はあまりに愛《いと》おしい。

「つ、つやつやしている……」

蕎麦を啜りながらひそかに身悶《みもだ》える慧史の前方から、不意にものすごく嫌そうなテノールボイスが聞こえた。耳慣れた声に顔を上げると、野菜中心のヘルシーなランチプレートを持った小綺麗な男が立っており、彼はなぜか慧史の真正面の席に座った。

「まあクリスマス前の腐った深海魚みたいな顔色よりはましですけどね、同じ助教としては」

「……中村《なかむら》先生、お疲れ様です」

なぜそこに座る、と言いかけた慧史はすんでのところで飲み込んだ。

しかし解《げ》せない。少し前まで美形若手枠《わく》だった助教の中村明人《あきと》は、後から現れた慧史の存在が気に食わないらしく、たびたび突っかかってくる。慧史はいちいち相手にしていないし、近頃は妙な言いがかりも減ったが、少なくとも仲良くランチを楽しむ間柄《あいだがら》ではない。

「……ロボティクス・ジャーナルの最新号は読みましたか」

訝《いぶか》るような視線を送っていたら、無言で豆腐ハンバーグを咀嚼《そしゃく》していた中村がぼそりと呟いた。彼の真意は不明だが、その海外の学術誌には慧史も目を通している。

「読みましたよ。今回は中村先生の専門のバイオロボティクス関連で興味深い記事がありましたね」

「ええ、あの論文はかなり有益でした。その次の項の内容は御園先生にも――」

おや、と慧史は内心で首を傾《かし》げる。普通に、研究者同士の有意義なやりとりが成立している。次第に議論は加速し、二人が我に返ったときには互いの料理はすっかり冷めていた。

「……すみません」

ふいっと顔を逸らして謝る中村に、慧史も苦笑して首を横に振る。

「いえ。俺もつい話し込んでしまい——」

「そうではなく、その、いろいろと」

どうやらこの謝罪には彼の今までの態度のことも含まれているらしい。勝手に慧史と自身を比較しては自爆していた中村だが、最近はうまくガス抜きができているのかもしれない。熱中できる趣味でも見つけたのか、よき相談相手に巡《めぐ》り合《あ》えたのか——この面倒な男の相談相手になれるほどの寛大さとコミュニケーション能力を持つ人間が日本にいるだろうか。若干《じゃっかん》失礼なことを思いつつ、慧史は気にしていないという意味を込めて微笑《ほほえ》みを返した。中村の澄まし顔に安堵《あんど》が滲《にじ》む。

「ところで、義弟《おとうと》さんはお元気ですか。彼のような活発なタイプの人は、博物館や美術館はあまり好まないようなのですが、普段どんなところに遊びに行くんでしょう」

「……あぁ？」

ランチプレートの皿に視線を落とした中村の急な話題転換に、慧史は一瞬虚を突かれたものの、すぐに「俺の健に手を出す気じゃねえだろうな」と睨《にら》みを利《き》かせた。彼は一度学食で健に会っているので、あの並々《なみなみ》ならぬ可愛さに一目惚《ひとめぼ》れしてしまっても不思議ではない。

「な、なんでそこでキレるんですか」

中村に他意はなかったのか、普通に後退《あとずさ》られた。敵意のなさそうな反応に、慧史は少し平常心を取り戻す。

「……いえ、質問の意図がわからなかったもので」

「特に深い意味はありませんよ。ただ……僕の周りにいる学生たちと義弟さんのような活動的なタイプでは、好む場所が違うようなので気になっただけです」

「義弟に興味があるわけではない、と？」

「は？　はぁ、そこは別に……」

中村の心底困惑した様子に、健を狙《ねら》っているわけではないと判定し警戒を緩める。

「そういうことでしたらいいでしょう。まあ、義弟は俺と行く場所ならどこでも喜んでくれるんですけど、やはり外せないのはあいつが小学校二年のときに――」

慧史はドヤ顔で、健が五歳の頃から現在までのお気に入りスポットを滔々《とうとう》と語り始めた。別に幼少期の話は聞いてないですという中村の声は、残念ながら慧史の耳には届かない。

「――で、ルームシェアを始めてからは、近所のショッピングモールを特に気に入っているようです。あそこのイタリアンで俺と料理をシェアするのが好きみたいで」

しかしそれも付き合う前までのことだ。最近は恋人同士になったことで、スーパーや公園に行くだけでも「デートだなっ」と頬を染めて嬉しそうに笑いかけてくる。ときめきがぶり返して悶絶《もんぜつ》しかけ、慧史は咳払いで誤魔化す。

「あぁ、そうだ。あとはラウワンもたまに行きますね」

「らうわん？」

遠い目をしていた中村が、聞き慣れない言葉にようやく反応を示した。慧史は眉根《まゆね》を寄せる彼に、ラウワンは全国展開している複合エンターテインメント施設だと説明する。

健はそこに行くと慧史とビリヤードをする。ビリヤードは素晴らしい。ボールの動きを計算してショットするのは面白《おもしろ》いし、何より尻を突き出したフォームで一生懸命キューを構える健を堪能《たんのう》できる。

「ゲームコーナーやボウリング、カラオケなど何でもあるので、一日居《い》ても飽《あ》きないんじゃないですかね。……近いうちにまた行くか」

「なるほど……」

神妙に頷いてラウワンをスマホで検索し始めた中村をよそに、慧史は次のデートに想いを馳《は》せるのだった。

夕食後、ソファで健を膝に乗せて撫《な》でていた慧史は、ふと中村と話したことを思い出した。

「週末は久々に——」

ラウワンに行くか、と言おうとした慧史の声に、健の「明日は」という声が被《かぶ》る。

「あっ、ごめん、何？」

聞き直してくる健はどこかそわそわしていて、カレンダーのあたりを視線が彷徨《さまよ》っている。

「あぁ、明日はバレンタインか。今年も他にもらう予定はないから、お前が俺にくれるか？」

毎年恒例の台詞《セリフ》を言うと、前年までは元気に頷いていた健は、今年は顔を赤らめて恥ずかしそうに笑《え》んだ。可愛い。可愛い以外の語彙《ごい》が喪失しそうだ。

「恋人同士になったんだから、当たり前だろ。っていうか、毎年あげてるじゃん」

照れくさそうに口を尖《とが》らせる恋人にキスを贈りながら、慧史は内心で「毎年じゃねえんだよ」と苦笑する。

忘れもしない、家族になって最初の二月十四日――自分のために泣いてくれた健のことがすでに大好きだった慧史は、食いしん坊の健が喜ぶだろうというちょっとアレな理由でクラスメイトの女子からのチョコレートを貰って来た。

ところが義母と一緒にチョコレートを頑張って作ってくれていた健は、自分が作った溶かして固めるだけの拙《つたな》いチョコレートと、女子が作ったおしゃれなチョコレートを見比べたあと、悲しそうに体育座りをして自分の作ったものを自分で食べ始めた。

『ごめんねぇ。健、初めて作ったんだけど、あんまり上手《じょうず》にできなかったの気にしてたから、女の子の可愛いチョコ見て余計に自信なくしちゃったみたい』

困ったように笑って説明してくれた義母の言葉に、慧史は絶望を覚えた。後にも先にも、あんなに自らの愚行《ぐこう》を後悔したことはない。

そこからはもう、健の初めてのチョコレートを分けて貰うべく必死に機嫌を取って、最終的に食べかす程度の破片を奪取し、慧史は金輪際《こんりんざい》他人からは受け取るまいと心に誓《ちか》った。

幼い健はそんなことはすっかり忘れ、翌年になるとケロッとした顔で義母とともに作ったチョコクッキーをくれたが、慧史のトラウマは根深い。あれ以降バレンタイン前日には、誰からもチョコレートを貰わないことと、健の用意したものだけが欲しい旨《むね》を健に宣言している。

「今年は何にしようかな。トリュフの予定だったけど、フォンダンショコラも捨てがたい」

「お前が作ったものなら何でもいい」

「そう言われると余計に悩む……」

健の膨《ふく》らんだ頰を指で突いて空気を抜き、甘やかすように撫でてやると、彼は嬉しげに擦《す》り寄《よ》ってくる。目を細めて気持ちよさそうにする彼が可愛くて、慧史は健に唇を寄せる。

「んー、やっぱり迷うな。坂本《さかもと》さんとチョコの話をしたら、いろいろ作りたくなっちゃった」

「坂本さん？」

健の話題に出てくる人名は完璧《かんぺき》に把握《はあく》しているつもりだが、坂本という名は初耳だ。寄せていた唇を一旦《いったん》離した慧史は、健の話に耳を傾ける。

「先月中途で事務の人が入ってきたんだ。俺より少し年上だけど童顔で、女の子って感じの人だよ。まあ俺とはそんなに仕事上での関わりはないけど、ちょうど昨日どんなチョコが好きかって聞かれて――わっ」

優しく撫でられてリラックスしていたところを突然ソファに押し倒された健が、目を丸くして慧史を見上げてくる。

――思いっきり狙われてんじゃねえか……！

健自身は「坂本さんはチョコが好きなんだなぁ」程度にしか思っていないに違いないが、そんな露骨《ろこつ》なリサーチがあるか。

健は慧史のことを美形だと言うけれど、健だって容貌《ようぼう》は整っているし、そのうえ性格もいい優良物件だ。本人に自覚がないだけで、昔から健はかなりモテる。

「急になんだよ、兄貴」

「はぁ……首輪でも付けとくか」

長年義兄として痛む胃を押さえながら見守ることしかできなかったが、今は恋人だ。こいつは俺のものだと首筋に小さなキスマークを付けるくらいは許されるはず――。

溜息を吐いて鈍感な恋人を見下ろすと、健は頬を赤くして目を伏せ、睫毛《まつげ》を震わせていた。

「く、首輪……？　アブノーマルなのはちょっと……でも俺、兄貴が望むなら……」

なぜか期待と不安が半々の表情でもじもじする健を見て、慧史は天を仰《あお》ぐ。

――こいつ、こんなに健気で可愛くて、本当に大丈夫なのか？

いや、絶対に大丈夫ではない。健の可愛さは日に日に増している。このままでは全人類から狙われてしまうのも時間の問題だ。今週末はラウワンに行っている場合ではない。指輪だ。指輪を買いに行こう。しかしそれでは明日のバレンタインに間に合わない。

○・五秒で脳内会議を終えた慧史は、健の肩をぐっとソファに押し付ける。

「兄貴、んっ、どうしたの——んぅ、あ、やっ……」

「ささやかなマーキングだ」

軽く舌を蹂躙《じゅうりん》しただけで蕩《とろ》けてしまった健の唇を腫《は》れるほど貪《むさぼ》り、首筋に吸い付いて所有印をくっきり残す。最後に彼の左手の指を一本ずつ舐《な》め、薬指にがぶりと歯を立てた。

「痛っ、なんで噛むんだよぉ」

「嫌か？」

上気した顔で涙目という大変そそる表情で抗議してきたので、慧史は健がたびたび美形と称してくれる顔を近づけて問いかける。

「……嫌じゃ、ないけど、なんか変なものに目覚めそう……」

半勃《はんだ》ちでズボンを押し上げる下半身をもぞつかせて素直に申告してくる健が可愛くて、慧史は相好《そうごう》を崩す。首輪を受け入れかけている時点でだいぶ目覚めてるぞと思いつつ、宥《なだ》める振りで唇を奪う。

その夜、そのままソファで全身を舐められ噛まれまくった健は、翌日俊春《としはる》や先輩たちから生暖かい微笑みを向けられ、坂本さんとは以降視線が合わなくなったらしい。

その後、大学の入試などで忙しくなってしまった慧史が健とラウワンを訪れたのは、結局三月に入ってからのことだった。

見えない尻尾をぱたぱたと振って喜んだ健は、日曜の真っ昼間から元気にバッティングコーナーでバットを振り、ビリヤードでは小ぶりな尻を突き出した可愛いフォームを見せてくれた。

「はー、遊んだ。やっぱりラウワン楽しいなぁ」

三時間ほど館内で遊び、そろそろ帰るかと出口に向かう途中も、健はキラキラした表情で慧史を見上げてくる。今日はこのあと早めの夕飯を外で済ませ、残りの休日は家で健をじっくり愛《め》でて過ごそうと考えていた慧史だが、愛くるしい双眸《そうぼう》に見つめられて足を止める。

「……もう少し遊んでいくか？」

つい底なしに甘やかしたくなって頭を撫でてやると、彼ははにかむように首を横に振った。

「ラウワンデートも楽しいけど、二人きりで過ごす時間も欲しいから、帰ろ」

恥ずかしそうに頬を搔《か》く彼の左手薬指には、慧史と揃《そろ》いの指輪が嵌《はま》っている。この場で抱きしめたい衝動に負けそうになり、慧史は意識を逸《そ》らそうと周囲に視線を向ける。

そのとき、ローラースケートコーナーからテノールボイスの断末魔と陽気な笑い声が聞こえた。

「あああ無理ですっ、僕は君とは違うんです！　君が手を離した瞬間、僕は転倒して後頭部を強打して死にますっ」

「あはは、アキさん相変わらずプライド高いのにネガティブで面白いな」

まさかと思い振り向いた先で、へっぴり腰でキレる中村と目が合った。そういえば同じ沿線に住んでいたなと分析する慧史とは対照的に、中村の壮絶な表情にはありありと「なぜよりによって今日お前がここに……祓らないように学食で話題が出た日から時間を置いたのに！」と書いてある。

顔面で雄弁に語られても知ったことか、むしろラウワン教えたの俺だし、と慧史が肩を竦《すく》めていると、不意に彼の手を持っていた男がこちらを向いた。

「あ、健と慧史さんだ。偶然っすね」

「俊春！　もしかしてクリスマスにできた珍しいタイプの友達って……」

「そうそう、この人——あれ、アキさん何怖い顔してんの。ほら、どうどう」

慧史とその義弟に見られたくないであろう姿を見られてわなわなと震える中村の背を、彼より一回りは年下のはずの俊春が宥めるように擦《さす》っている。

一体何がどうなってこの二人が仲良くなったのかは不明だが、このだいぶ拗《こじ》らせている男の言動を意に介さず笑っている俊春を見て、慧史は国内有数の寛大さとコミュニケーション能力を持つ人間が身近にいたことに謎《なぞ》の感慨《かんがい》深さを覚えた。

「じゃあまた明日現場でな！」

軽く挨拶《あいさつ》を交わしたあと、俊春に手を振った健は、出口に向かいながらもちらちらと彼らを気にしている。たしかにツッコミどころしかないあの組み合わせは気になる。だが、いつまでも自分の恋人が他の男に気を取られているのは気に食わない。

「飯食って帰ったら、一緒に風呂な」

指輪の嵌った彼の薬指を意味深に撫で上げ、耳に息を吹きかけるように囁く。

向かい合って洗いっこするのは週末の定番となりつつある。いつも途中で快楽に負けてされるがままになる健が可愛くて、ついあんなところやこんなところまで綺麗にしてやるという口実のもと、存分に悪戯《いたずら》をしかけてしまうのだが——。

「……っ、今日こそは負けないぞ……！　俺が兄貴の身体を全部洗って、いっぱい気持ちよくなってもらうんだからな……！」

赤らんだ耳を手で押さえた健が、潤《うる》んだ瞳で宣戦布告をしてくる。

——負けっぱなしなのは俺の方なんだけどな……。

胸の内で苦笑しつつ、早速欲望に負けた慧史は、夕飯は外食ではなく帰ってデリバリーにしよう、と計画を変更したのであった。

この本を読んでのご意見、ご感想などをお寄せください。
幸崎ぱれす先生・佐倉ハイジ先生へのはげましのおたよりもお待ちしております。

〒113-0024　東京都文京区西片2-19-18　新書館
[編集部へのご意見・ご感想] 小説ディアプラス編集部「ブラコンを拗らせたら恋になりました」係
[先生方へのおたより] 小説ディアプラス編集部気付　○○先生

- 初出 -
ブラコンを拗らせたら恋になりました：小説DEAR+22年フユ号（vol.84）
ブラコンは愛を育んでいます：書き下ろし
とある助教の一日：書き下ろし

[ぶらこんをこじらせたらこいになりました]
ブラコンを拗らせたら恋になりました

著者：**幸崎ぱれす** こうざき・ぱれす

初版発行：2023 年3月 25日

発行所：株式会社 新書館
[編集] 〒113-0024
東京都文京区西片2-19-18　電話（03）3811-2631
[営業] 〒174-0043
東京都板橋区坂下1-22-14　電話（03）5970-3840
[URL] https://www.shinshokan.co.jp/

印刷・製本：株式会社 光邦

ISBN978-4-403-52571-1 ©Palace KOUZAKI 2023 Printed in Japan